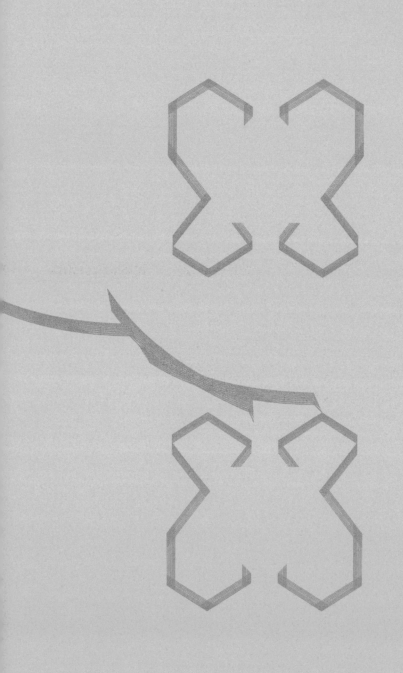

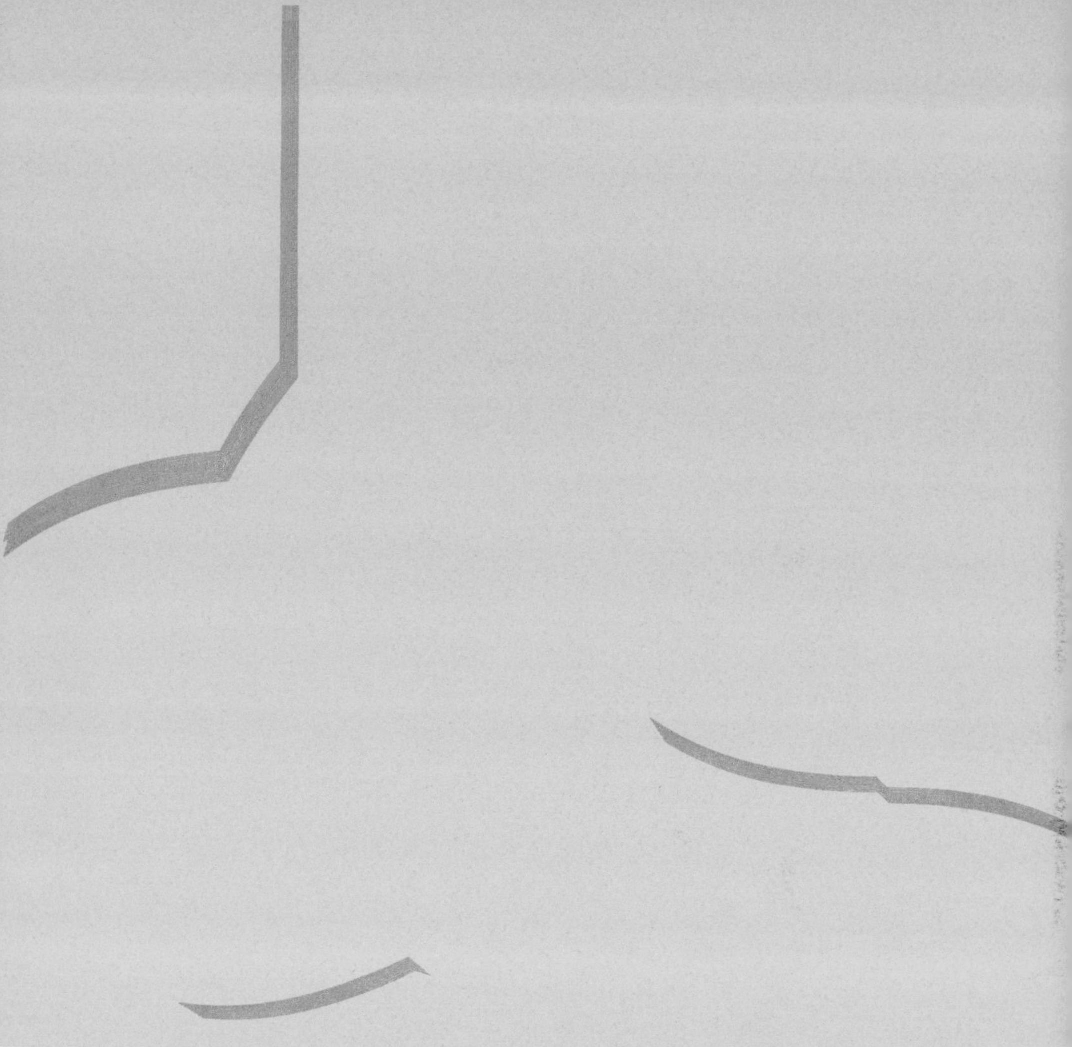

漢字相聲

上冊

馮翊綱咬文嚼字

目錄

亦儒亦俠一書生

楊渡

能邀請馮翊綱先生來做「漢字相聲」廣播節目，想來是一種緣分。

一切緣由起於兩岸合編《中華語文大辭典》。歷時六年半的工作時程，我們愈發了解漢字的獨特性、藝術性與美感。但漢字的當代研究卻相當缺乏。坊間有一些以漢字為故事底本的書，敘述起來相當生動有趣，特別是漢字往往形聲字與會意字結合，既有聲音的表達，又有意義的連結，讀起來特別鮮活。

但它卻有另一種問題：由於文字、聲韻、訓詁的學術基礎不足，部份內容不免望文生義，時有誤差。如果只是學著好玩，倒是沒關係，可以加強漢字學習功能，也可以有利於漢字內涵的探究，還可以推廣漢字文化，何樂不為？可是如果有學生拿來做為學習的根底，認字的開頭出錯，後面怕會謬之千里。

後來我們決定請學者在編辭典之餘，開始做三千個漢字的源流考證與註解。在蔡信發老師的帶領下，這個團隊工作了兩年多。過去漢字研究的基本功，總是以許慎《說文解字》為理論基礎而延伸開展。但近代以來，甲骨文的發現，以及各地出土文物的資料更加豐富，這使得漢字的研究更加複雜而寬廣，漢字的研究就需要再更新了。

當然，更重要的仍是漢字的學習。漢字是世界上現存唯一還在活用的表意文字，這是非常珍貴的文化資產。我們特地請製作團隊將最基本的兩百個漢字及衍生字化為動畫，以具體的形象，結合文字的起源，來說明文字的演變，讓學習更為有效。

然而，這只是漢字在形象上的刻劃與使用，它還可以變成書法、繪畫、甚至文字畫等，呈現藝術之美。此外，書法也是書寫者人格與風格的顯現。世界上再沒有一種文字，可以像漢字這樣，只要看著書法作品（例如蘇東坡的〈寒食帖〉），就彷彿可以隨著筆墨的跌宕起伏，感受寫作者當下的心情。

但是，說了這麼多，還是得加一個「但是」。但是這些還沒有讓漢字的音韻之美呈現出來。我們有長久的評彈、說書、鼓書等傳統，更不必說在臺灣相當熱門的相聲藝術了。如果能夠讓漢字學習結合相聲，在電臺上開節目，那不是太妙了！

就這樣，我們特別請託【相聲瓦舍】馮翊綱先生與文化總會合作，製作「漢字相聲」節目，擔任說書人的角色，在國立教育廣播電臺播出。

馮翊綱的藝術成就與相聲演出的功力「世界通人知」，這個不必多做贅言，此處特別要說的是他的為人風格。這是在相處日久之後，才漸有所感。平日我們舞臺上所見者，總是他的詼諧、幽默、精彩的演出，但私底下，他卻是非常嚴格要求劇本的嚴謹、發音的精準、內容的正確，甚至有時誤讀某些字，被讀者找出來，他也特地在網上「認錯」致謝。而他對古文的感情之深，用功之勤，實在少見。不僅於此，他還會跑去岳陽樓朗讀〈岳陽樓記〉，這就不是「正常人」的行為了。這是非常之感情，非常之熱愛文化的展現。

特別的是，說書人在長久流浪江湖、飄萍風塵之中，所留存於傳統裡的俠義之風，在馮翊綱的身上，就有這「亦儒亦俠一書生」的古風。

漢字的中心樂土

馮翊綱

《論語．子路》：「葉公問政。子曰：『近者說，遠者來。』」

日本是個進步強盛的國家，尤其，文化型態、內涵特別迷人。高知名度的日本藝人、日本政治人物，出生於台灣，或父母一方是台灣人，媒體會歡欣鼓舞地、興奮忘形地稱之為「台日混血」。然而，不僅從生物學、人類學來檢驗，台、日並不「混血」，根本是同一人種。台、日的文化更無所謂混血，同一源流，甚且同一表徵：「漢字」。

漢字文明的「近悅遠來」，已持續了兩千年，台灣更因為百年來以注重傳統文化而建構的語文教育，成為正體漢字的人間樂土。從最表面的效益來看，以正體漢字為學習工具的人，可以自主看懂一千年來的「楷書」，也可再上溯一千年，看懂「隸書」。一個真正識字的文明人，當有能力連結歷史脈絡。為了「市場取向」而妥協於簡體字，是自廢武功。轉過頭來，政治狂熱的國土區分法，拿傳統文化來陪葬，也愚昧。台灣是「漢字的中土」，是中華文化的「中心之國」。

在某醫學院演講，席間同學提問：「我是醫學院學生，該用全部的時間學習醫學相關知識，花時間在文化基本教材，不是浪費我的時間嗎？」

好像在許多醫院廳堂上看到過「仁醫仁術」這類的牌匾，醫者，是要花點時間理解「仁」：儒家的核心價值。準醫生們，除了技術，您也得有「心」，我們才會被治好哩。

釜底抽薪，刻意崩壞古文訓練，是草包陽謀，自己不願意花時間理解諸子百家，就詆毀其無用？還要拖別人下水？馬上顯現的就是中學生作文寫不好了，那些教條式的方法固然該廢，但能作文的基底，仍是古文典故。文字語言是長時間所累積的，是長期的眾人智慧，是文化的最表層。因為現代生活，傳播媒體的方便快捷，錯誤的流傳也就加快加大。當你所相信、所追求的文化價值，有人因為一時的錯誤，不想承認，卻將錯就錯、以致故意破壞的時候，你是挺身而出？還是隨波逐流？還是諂媚附和？是你的自由。但時間久了，也會形成人格，正直？搖擺？或是狡猾。

發現好朋友念錯字了，我們要禮貌、和氣、小聲、私下的提醒，他或許接受、或許不接受。不接受怎麼辦？沒怎麼辦，我們小聲地、私下地、悄悄地在心裡取笑他就是了。我不是完美的聖人，也會犯錯，需要正直的朋友提醒我。

「漢字相聲」第一年，進步最多的，就是我本人。

本文作者馮翊綱。【相聲瓦舍】創辦人，國立台灣師範大學副教授，「漢字相聲」說書人。

一

《漢字源流彙編》

字體	出處	字形
甲骨文	前4.47.61	
金文	集成2837（大盂鼎）	
戰國文字	包2·259、郭·窮·14	 
篆文	說文、說文古文	 
隸書	孔龢碑	
楷書	教育部標準楷書	

甲骨文之「一」，歷經金文、戰國文字、篆文、隸書、楷書，都用簡單的一橫，以示一個概括的意思，不是專指某一特定之物，所以屬臆構的虛象造字。在六書中屬於指事。戰國文字弌、弍二形常相混，證以《說文》古文弌，則弌應從弋、一聲。究其所以加弋為形，是使記數明確，不致增添竄改。

本義是數字的開始，最小的正整數，如「道生一，一生二，二生三，三生萬物（《老子．第一章》）」。引申為序號的開始，如「一年級」。引申為相同，如「高矮不一」、「表裡不一」。引申為專一，如「一心學佛」。引申為全部、完全，如「長煙一空」、「一反常態」。引申為很少，如「一本萬利」。引申為另一或又一，如「生魚片，一名刺身」。引申為一旦，如「一敗塗地」。引申為一部分，如「只知其一，不知其二」。引申為竭盡，如「一力承擔」。引申為初次，如「一見如故」。引申為短暫，如「一掃而光」。引申為剛才，如「一想到他，他就來了」。引申為偶然，如「一不注意」、「一不小心」。引申為竟然，如「為法之敝，一至此哉（《史記．卷六十六．商君列傳》）」。假借為姓。

五、四、三、二、一，是漢字中筆畫最少的一個，只有一畫，看到字形就能領會「一」的概念，它的大寫是一個士兵的「士」，底下「冖(冂、一)」字，再加一個「豆」。

「一」有很多意思，可以代表數量，如「一個人」、「一隻貓」。可以代表次序，好比「一年級」、「一月」，「禮拜一」。

「一」還很常被拿來當作副詞使用，我們說「一不小心」、「一不注意」，這個「一」就代表偶然。「一肚子學問」，就是滿肚子學問，有整個、全部的意思。「天一黑，他就離開了。」這時，「一」是「才」、「剛剛」的意思。我們說「看一看」、「試一試」，這時「一」代表嘗試。

還有，「一」也有少的意思，好比「一籌莫展」、「一知半解」。

一了百了

宋代大儒朱熹在講做學問的方法時說：「資質甚高者，一了一切了。」意思是，資質好、領悟力好的人，只要一個環節懂了，其他問題也都明白了。這是成語「一了百了」的源頭，這個「了」原來是了悟的意思，後來卻成了「了結」，變成主要的事情了結，其他的事也跟著了結。也有只要一死，事情就都跟著結束的意思。

一鼓作氣

春秋時，齊國和魯國曾締結盟約，但齊國卻違背承諾，出兵攻打魯國。魯莊公出兵應戰，當他想要擊鼓準備攻擊的時候，曹劌卻阻止他說：「不可以。」等到齊軍敲過了三通鼓，曹劌才說：「可以擊鼓進攻了！」魯軍戰鼓一響，激起了士兵們高昂的士氣，大家勇往直前，銳不可當，結果齊軍大敗，狼狽而逃。這時魯莊公想乘勝追擊，卻又被曹劌阻止說：「還不可以！」接著曹劌下車仔細觀察地面上齊軍兵車留下的軌跡，又瞭望齊軍退走的情形，然後說：「現在可以追擊了！」於是魯軍乘勝前進，追趕落敗的齊軍，終於把齊軍趕出魯國。戰勝後，魯莊公就問曹劌這麼做的原因何在？曹劌說：「打仗是憑著一股勇氣，第一通鼓響，士兵的勇氣最旺盛，第二通鼓響，士氣稍微衰退，等到第三通鼓響，應戰的勇氣已經消失殆盡了！這次和齊軍作戰，他們擊第三通鼓，我們才擊第一通鼓，正是敵人的勇氣大減，而我們士氣最旺盛的時候，所以我們才能打敗敵人。再來，像齊國這樣的大國，用兵是很難猜測的，我擔心他們會有埋伏，所以下車查看，看到他們的車跡混亂，旗幟也散亂地倒下，可以斷定他們是真的被打敗了，才敢放心地乘勝追擊。」後來原文中的「一鼓作氣」，就被用來比喻做事時要趁著初起時的勇氣去做，勇往直前，才能一舉成事。

一鳴驚人

春秋時代，楚莊王即位雖然已經三年，卻看不到他積極處理國事，於是大臣就說：「有一隻大鳥，棲息在南面的山丘上，三年不但沒有拍動翅膀，不飛也不叫，連一點聲音都沒有，這是什麼鳥啊？」楚莊王明白他的意思，回說：「那可不是隻平凡的鳥，他雖然不飛，要飛一定沖上高空；現在雖然不叫，要叫一定震驚天下，你寬心吧，我明白你的意思。」過了半年，楚莊王親自處理政事，改了不合理的制度，殺了幾個大臣，提拔賢才，把楚國治理得非常強盛，楚莊王也成為春秋五霸之一。「一鳴驚人」，用來比喻平時沒沒無聞，突然有驚人的表現。

一，是開端，也是完整，我們節目也用「一」的內容，作為第一集，一心一意、一以貫之，一系列的「漢字相聲」為中華文化盡一分心力，也希望能得到聽眾朋友的一致好評。

二

《漢字源流彙編》

字體	出處
甲骨文	甲540
金文	集成2763（我方鼎）、集成2837（大盂鼎）
戰國文字	包2·4、信1·039
篆文	說文、說文古文
隸書	北海相景君銘
楷書	教育部標準楷書

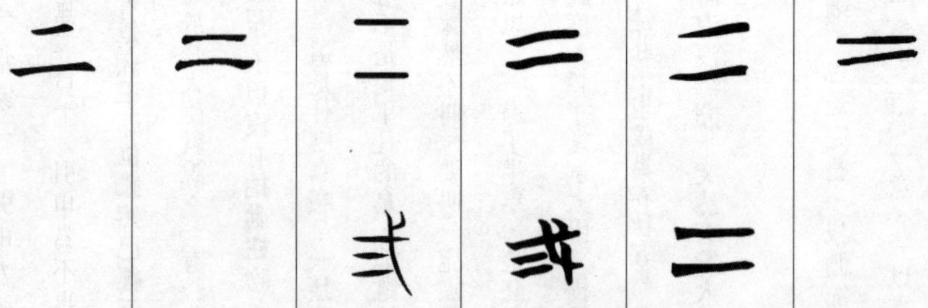

從甲骨文到楷書，除戰國文字弍、《說文》古文弍之外，其形都一致。篆文之形，特別強調二橫長短相同，隸書就不這麼要求，成了上橫短、下橫長；楷書承接隸書，據以為形。以上諸形，都由兩個「一」字構成，以示其義。在六書中屬於同文會意。戰國文字戈、弋二形常相混，證以《說文》古文弍，二字都應從弋、二聲。究其所以加弋為形，是使記數明確，不致增添竄改。「二」字既由兩個一字構形，兩橫就應寫得一樣長。如寫成上橫短、下橫長的「二」，就成了上下的「上」字。因古文「上」的寫法，就是上橫短、下橫長，寫成「二」。不過，如今《常用國字標準字體表》也從俗，而定其形為「二」。

本義是數目名，比一大一的正整數。引申為排行第二，如「二哥」、「二爺」。引申為次要的，如「二老板」、「二當家」。引申為兩樣的，如「不二價」、「絕無二言」。引申為不專一的，如「三心二意」、「懷有二心」。

數目字，二。二就是兩橫，上面一橫，下面一橫。

二是數目字，但更常被拿來用作序數，像是「二月八日」、「富二代」、「梅開二度」。

二有不專一的意思，像是「三心二意」、「懷有二心」、「心無二用」。

也有不同的意思，比如說「不二價」、「毫無二致」、「絕無二話」。

和二有關的成語有【不二法門】、【獨一無二】、【梅開二度】等等。

不二法門

不二，就是唯一，絕對的。法門，是指修行者的門徑。不二法門，就是到達絕對真理的方法。眾菩薩發表各自對「入不二法門」的見解，文殊菩薩認為「不二法門」就是不可用言語說明、無法用意念去體會、無法問答的。後來文殊菩薩轉問維摩詰的意見，維摩詰一句話也不說。文殊菩薩看了，就明白過來，他說：「善哉！善哉！原來真正的不二法門是不需要語言來形容的。」「不二法門」成為一句成語，除了佛經原有的意思外，經常是用來指唯一的方法或途徑。

二，也用來罵人，像是「二愣子」、「二百五」。網路上會說人家是「二貨」，就是傻蛋、糊塗的意思，但有時候這個「二貨」說的傻還帶有點可愛，不完全是不好的意思。

在日本，有個恐怖漫畫家，名字裡也有個二。伊藤潤二，他畫一個不會死的美少女叫做富江，畫一個被漩渦詛咒的小鎮……雖然是恐怖漫畫，但劇情都很有趣，裡面真是什麼奇奇怪怪的事都發生了。

二是數目字，但我們在使用的時候，常常是用「兩」來替代，像是我們說「兩個」，不說二個。「兩隻老虎」，不是二隻老虎；「一舉兩得」，不是一舉二得。

一舉兩得

戰國時代，齊國要攻打楚國的時候，楚王派了陳軫前往秦國，要說服秦王出兵阻止。秦王見了陳軫，就對他說：「你以前在秦國任職，說起來我們算是舊識。可是因為我沒有治國的才能，所以你就離開秦國，到楚國去了。現在齊、楚要打起來了，我如果出兵相救，也許有利、有弊。你現在不能只為楚王計謀，應該也要有其他的方法來為我策劃一下。」陳軫這時就說了：「以前有兩隻老虎，為了搶東西吃而相鬥，旁人就要將牠們殺死，這時另一人卻阻止說『兩隻老虎互相爭鬥，結果必定是強的受傷，弱的死亡。』既然如此，你等老虎受了傷再殺牠們，就可以只做一個動作，而同時殺掉兩隻老虎；省了一次的力氣。」陳軫說這個故事，是要告訴秦王，齊、楚兩國如果開戰，秦國派兵前往，不但有救齊國的好處，也讓楚國免於被攻伐的危險。他的計謀不僅讓秦國得到好處，也同時為楚國解除了危機。而陳軫在說服秦王時，說的這個老虎的故事，就成了「一舉兩得」的典故來源，意思是做一件事，同時有兩方面的收穫。

還有「腳踏兩條船」，媒體一般稱作「劈腿」，於是被廣泛使用。在清代，就有小說使用「身騎兩頭馬，腳踏兩來舡」，兩來舡就是兩條船的意思。比喻人投機取巧，兩方討好。做人千萬不要「模稜兩可」、「腳踏兩條船」，否則別人可是會和你「一刀兩斷」、「勢不兩立」的。

三

《漢字源流彙編》

字體	出處
甲骨文	前 6.2.3
金文	集成 2837（大盂鼎）、集成 2807（大鼎）
戰國文字	包 2．58、上（1）．孔 1．子 1
篆文	說文、說文古文
隸書	北海相景君銘
楷書	教育部標準楷書

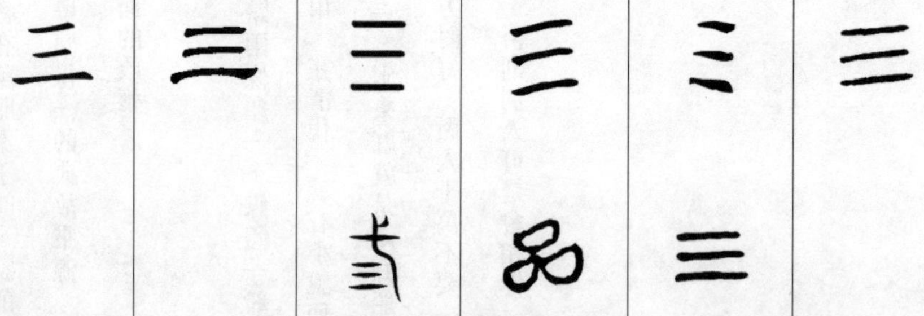

甲骨文、金文字形都由三個橫畫或三個斜點會合構成。戰國文字、篆文，承自金文。隸書、楷書沿之，無所改易。在六書中屬於同文會意。

本義為記數之名，如「三月」、「三哥」、「三山半落青天外」。引申表示多數，如「三思而行」、「三折肱為良醫」、「三月不知肉味」。也假借為姓。

三的筆畫很簡單，由上而下，一、二、三，三條橫槓，就是三。三也有大寫，字形和「參加」的「參」一樣。

三這個字的意義，是數目，好比說「三個人」、「三隻小豬」。

也是次序，好比說，「第三名」、「三月」、「三哥」、「三妹」、「第三者」、「小三」……更有「多」的意思，好比說，「事不過三」。

三的成語，有【一日三秋】、【一波三折】、【入木三分】、【三人成虎】、【三顧茅廬】等等。

一日三秋

出於《詩經》〈采葛〉一詩刻劃戀人間的相思之情，全詩描述一對分隔兩地戀人的相思之情，將分離的感受用度日如無限長久來表達。

「彼采蕭兮，一日不見，如三秋兮。」生動刻劃了殷切思念的心情。「一日三秋」這句成語就從這裡演變而出，用來比喻思念心切。

三人成虎

戰國時代，魏王派大臣龐蔥出任務。龐蔥知道朝廷之中經常有謠言中傷自己，他害怕自己不在的時候，魏王會聽信謠言，就在臨行之前去找魏王，說道：「大王，如果今天有一個人告訴大王，大街上出現了一隻老虎，大王會相信嗎？」魏王回答：「不會相信。」龐蔥又問：「如果有第二個人說大街上出現了老虎，大王會相信嗎？」魏王回答：「那我就會半信半疑了。」龐蔥繼續問道：「如果有第三個人也說大街上出現了老虎，那大王會相信嗎？」魏王回答：「那我就不得不相信了。」這個故事就是「三人成虎」，用來比喻謠言再三重複，亦能使人信以為真。

現代人常說：「因為重要，所以要說三遍。」大概也是一樣的效果。

入木三分

東晉時代的書法家王羲之，擅長行、草和楷書。一般而言，秀麗的字體會顯得柔弱無力，而蒼勁挺拔的字，又常會顯得厚重剛硬，然而王羲之所寫的字，卻是風格超凡，剛柔並濟，蒼勁豪邁中不失秀麗細緻。經過勤學苦練，筆力更是強健有力，無人能比。據說，有一次皇帝在北郊舉行祭祀的儀式，必須更換原本已寫有祝祭文的木版，工人們在削去王羲之寫過的木版時，發現王羲之上次的筆跡竟然透入木版有三分之深！「入木三分」，後來演變為成語，用來比喻評論深刻中肯或描寫生動逼真。

三顧茅廬

東漢末年，劉備，前去拜訪諸葛亮，一連去了三次，才見到人。劉備不顧身分，一連三次專程拜訪的誠心，終於感動諸葛亮答應替他奔波效力。後來「三顧茅廬」這句成語就用來比喻對賢才真心誠意的邀請、拜訪。

日常生活中，「三」是非常常用的字，而且經常和其他的數目字連用，好比說我有個朋友，他很喜歡說謊，經常和一些「不三不四」的朋友瞎混，「三五成群」的亂跑，晚上不睡覺，喝酒，瞎哈啦。

我原本是個神清氣爽的人，「三番兩次」的勸他，他總是敷衍我，表面上說他會改進，實際上卻「一而再，再而三」的繼續騙我。哎……我真是命苦呀！

四

《漢字源流彙編》

甲骨文	金文	戰國文字	篆文	隸書	楷書
餘16.2	集成2837（大盂鼎）、集成182（徐王子旃鐘）	包2·111、包2·115	說文、說文古文、說文籀文	尹宙碑	教育部標準楷書
	 	 	 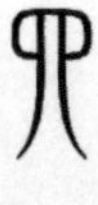 		四

甲骨文、金文、戰國文字都作四短畫，表示計數「四」的概念。六書中屬於同文會意。金文中也有作「」，像四合五方之形；戰國文字則四合之處略有缺口，並延伸其中二畫，當是金文「」的變形。篆文之後的字形則是根據金文「」之形而來，只是筆畫略作彎曲變化。在六書中屬於指事。

本義是數詞，介於三和五之間的自然數。引申為序數，即第四，如「四年級」、「四更天」。假借為姓。

四，是介於三和五之間的自然數，它的大寫，寫作「放肆」的「肆」。

四是一個數目字，用來說明東西的數量，像是「四張桌子」、「四朵花」。也可以用來表示次序，比方說，「四弟」、「四年級」、「第四天」。

和四有關的成語有【四分五裂】、【四面楚歌】、【四通八達】、【家徒四壁】、【朝三暮四】。

四分五裂

戰國時代，張儀和魏王分析魏國的地理形勢，他說魏國四方受敵，容易被四面的國家分割，就是所謂「四分五裂」，因此與秦國交好才能免於這樣的劣勢。「四分五裂」就是從這個典故來的，後來被用來形容分散並且不完整、不團結。

四面楚歌

項羽和劉邦楚漢相爭，他們約定以鴻溝為界，東為項羽所有；西則歸於劉邦。後來劉邦破壞約定，一方面率領軍隊攻打已經撤退的楚軍，一方面聯合其他將領的軍隊，將楚軍重重包圍在垓下。楚軍不但士兵死傷慘重，糧食也快用盡。夜裡，竟然從漢軍陣營中傳來楚地的歌謠，楚兵聽到故鄉的歌謠，不禁想起因為連年南征北討，已經很久沒有回去的故鄉，項羽聽到歌謠也非常吃驚，認為局勢已經到了無法挽救的地步，於是連夜帶著士兵突圍。「四面楚歌」，用來比喻四面受敵，孤立無援。

家徒四壁

司馬相如是西漢著名的辭賦家，但他家境非常貧窮，有一次他在宴會上認識了富商的女兒——卓文君，因為他們都賞識彼此的才華，所以決定私奔。卓文君和司馬相如回到成都，但家裡除了四周的牆壁外，什麼都沒有。他們只好回到了卓文君的故鄉臨邛賣酒。「家徒四壁」這成語就從這裡來，形容家境貧困，一無所有。

朝三暮四

莊子曾經講了一個寓言故事：有一個養猴人跟他養的猴子說：「我決定每天早上餵你們吃三升橡果，下午餵四升。」結果猴子嫌吃的太少了，很不高興。於是，養猴人就說：「那這樣好了，我們就改成早上吃四升，下午吃三升。」猴子們聽了都很高興，以為吃的橡果變多了。其實，「朝三暮四」和「朝四暮三」，總數都是一樣的，但猴子卻被表象蒙蔽，一下生氣，一下高興。人也是這樣，常常自以為是而不知。「朝三暮四」就是從這裡來，原本是指實質不變，用改眉換目的方法使人上當，後來用來形容人反覆無常。

「四」這個字，在中文裡因為和「死」是諧音的緣故，常被認為不大吉利。所以許多飯店樓層會避開「四」，醫院更是對此特別忌諱。另外，在臺灣，車牌號碼也會避開「四」這個數字。

不過四卻常常被用在稱號裡，像是四大天王、四大美女、四大奇書、人生四大樂事……等等。

五

《漢字源流彙編》

甲骨文	金文	戰國文字	篆文	隸書	楷書
鐵 247.2	集成 9454（士上盉）	包 2·45	說文、說文古文	鄭季宣碑、武榮碑	教育部標準楷書

甲骨文作，呈縱橫交錯的虛像，金文、戰國文字、篆文之形皆承之。《說文》引古文作，亦像交錯之形。隸書二例，前例承篆文而中路交會筆畫略為彎折；後例承自篆文，而中路交會處變作右下折筆。楷書之形承之隸書後例，而中路右下折筆作平直折筆以定體。

在六書中屬於指事。

本義為交會，假借為記數之名，如「五月初五」、「五哥」。也假借為姓。

五的古字，本來是中間一個叉叉，上一橫下一橫，像是一個沙漏的樣子，本義是交會，但是後來假借為數字五。五的大寫，就在左邊加一個人字旁，即隊伍的「伍」。

五是數字，比如說「車子五輛」、「蘋果五顆」、「老虎伍茲」……那是人名。

五也是序數，像是「五年級」，「五月初五」，「第五大道」。

五的成語有，【三令五申】、【五日京兆】、【五光十色】、【五花八門】、【學富五車】。

三令五申

春秋時代，吳王要孫武實際演練《孫子兵法》，就召集了宮中的嬪妃宮女，讓孫武指揮她們。孫武把她們分成兩隊，命吳王最寵愛的兩個嬪妃做隊長，接著發布命令，要她們依令而行。女兵們都說：「明白了。」孫武又抬出刑具，設定刑罰，再三向她們申誡，一定要服從軍令。但是當孫武擊鼓發出號令，女兵們卻大笑起來，完全沒有依令行動。孫武就說：「沒有把命令解釋清楚，這是將官的過失。」於是孫武再將剛才的命令詳細解說一次，又擊鼓發出號令。女兵還是嘻嘻哈哈。孫武便說：「既然命令已經解釋清楚，卻仍不肯聽令，那就是隊長和士兵們的錯。」孫武就命令隨從把兩個隊長推出斬首。吳王本來只是好玩，沒想到孫武竟然真的要斬他的愛姬，嚇得連忙下令阻止說：「我剛才只是想試試先生的能力，現在我已經知道先生真的很會帶兵，就請先生不要將我的愛姬斬首吧！」孫武卻回答：「我既然已經受命為將領，在軍隊中，就無法完全聽從國君的命令。」仍舊斬了兩個隊長，以收儆戒之效。之後女兵們便完全聽從孫武的命令，不敢再當成兒戲了。「三令五申」就是從這裡來，是再三命令告誡的意思。

五光十色

魏晉南北朝江淹寫了一首〈麗色賦〉，在描繪一位絕色美女，裡面有兩句就說：「五光徘徊，十色陸離。」形容佳人一動，就像色彩鮮豔、燦爛奪目的雲彩。後來「五光十色」這句成語就從這裡演變而出，用來形容景色鮮麗複雜，光彩奪目。也用來比喻事物的內容豐富，變化萬端。

五花八門

五花八門的典故出自清代的一本小品文集，裡面就寫到一個可以化為人身的妖怪，這個妖怪不但能變出酒菜、錢財、談人禍福，還會擺古代兵法中的五花陣和八門陣。這兩個古代的陣法因為戰術變化很多，所以後來「五花八門」出自此處，就是用來比喻花樣繁多，變化多端。

學富五車

戰國時代，莊子主張逍遙，惠施喜歡講邏輯，莊子就常藉惠施當作反面例子，有次他說，惠施讀過的書雖可以裝五輛車之多，學問淵博，但也弄得太龐雜，道理並不容易說清楚。後來，「學富五車」就是從這兒來的。

在中文裡，有很多和五有關的並稱，像是：

四書五經——《詩》、《書》、《易》、《禮》、《春秋》；

陰陽五行——金、木、水、火、土；

五穀雜糧——米、麥、粟、黍、豆；

三綱五常——仁、義、禮、智、信；

五　官——眼、耳、口、鼻、舌；

五虎上將——關張趙馬黃；

哇……說不完哩！

六

《漢字源流彙編》

甲骨文

合集 7403

金文

集成 4028（毛粦簋）、集成 5415（保卣）

戰國文字

包 2 · 91、新甲 3 · 220

篆文

說文

隸書

武榮碑

楷書

教育部標準楷書

甲骨文、金文的「六」字，像是刻畫一棟房子的側面之形，上面由左右兩片屋簷覆蓋所組成，底下則是撐起屋簷的兩根柱子，形式上顯得簡單，說明其似乎為臨時搭建的處所。由於「六」很早就不存在房屋的概念，都是以數字的表達為主，於是屬於「六」本身造字的意義，被音讀相近的「廬」字所取代，「廬」本身即有臨時搭建的意味，如「草廬」。

到了戰國文字，部分「六」字的筆畫開始產生變化，這個變化是從兩片屋簷而起，由「∧」的曲筆逐漸拉直，而屋簷頂端的交匯處，形成「一點」，於是產生了「亠」的筆畫，後來的隸書、楷書的字形基本就是承襲戰國文字變化後的形體。至於篆書的字形，上方的屋簷之形產生變化，把本來展開作飛翔狀的屋簷，描繪成了往內包覆柱子的筆畫。

音讀ㄌㄧㄡˋ（liù），本義是草廬。主要作為數字使用時的音讀。也假借為數字使用，常與某些字詞形成固定的指稱，如「六朝」、「六畜興旺」、「六神無主」。

另音ㄌㄨˋ（lù），多用於特定的名稱，如古代有一個國家叫「六國」。也假借為姓。

「六」這個字的字形，看起來像是房子的側面，上面有屋簷，底下是兩根柱子，因為在古代造字的時候，這個字原本是房屋的意思，可是後來大多都被用來表示數字。

「六」是一個數目字，用來表示數量，像是「六隻貓」、「六雙鞋」。大寫寫作陸地的「陸」。

「六」也用來表示次序，好比說「六月」、「六年級」、「第六天」。

三姑六婆

成語「三姑六婆」原本是指古代婦女的九種職業，「三姑」分別是尼姑、道姑、卦姑。「六婆」有湊合生意的中間人，也順便買賣人口的「牙婆」；妓院的媽媽桑「虔婆」；幫人接生的「穩婆」；賣藥的「藥婆」，還有「媒婆」跟「巫婆」。

這些職業被當時社會認為是不高尚的，但是古代婦女大部分都足不出戶，只能等這些三姑六婆串門子的時候聊聊八卦，就容易造謠生事。所以就有人用「三姑六婆」來比喻那些愛搬弄是非的婦女。

三頭六臂

「三頭六臂」是出自佛教的典故，佛教經典裡說，阿修羅有三顆頭，八條手臂，這個阿修羅神是個惡神，雖然屬於天界，卻性情狡詐陰險，他體型高大，力大無比，「三頭八臂」就是他力量強大的象徵。但是後來這個「八臂」被說成「六臂」，所以「三頭六臂」就從這裡出來，用來說人本領強，力量大。

六神無主

「六神無主」的「六神」，是指人的六大器官之神。六神無主是指身上所有的神魂都失去了定位，也就是心慌意亂了。「六神無主」這句成語見於古典小說中，像是在《醒世恆言》裡，提到明朝有個汪知縣，因為知道盧柟是個才子，交遊廣闊，又聽說他家中的園林造景特別，有心要與他結識，便讓人去請盧柟來會面。盧柟天生恃才傲物，知縣一連請了五六次，也不理會。知縣見盧柟不肯來，情願自己前去拜訪，差人跟盧柟訂了日子，去賞梅花。然而就在約會的前夕，因為新的按院到任，必須前去接待，只好改期。但等到知縣事情大致忙完，已是春季桃花盛開之時，又令人去和盧柟再約期見面。天下就有這麼巧的事，就在知縣正要赴約時，懷有五個月身孕的夫人，忽然流產了，暈倒在地，血沾滿了身子。把知縣嚇得六神無主，根本沒有心情去喝酒、賞花了，只好差人再去向盧柟告罪。「六神無主」這句成語就是用來形容心慌意亂，拿不定主意。

在歷史上和六有關的典故，還有歐陽脩的號「六一居士」，這個六一是六個一的意思，指的是藏書一萬卷、金石遺文一千卷、琴一張、棋一局、酒一壺，還有歐陽修他本人，一老翁，加在一塊兒就叫「六一」。

「六」這個數字是代表吉利的，如果車牌、門牌上有個六字，常被認為是好的吉兆，紅包的數目，常常也要跟六有關。

但是在西方文明，三個六，卻被認為是邪惡的數字，按照《聖經．啓示錄》的記載，六六六，和惡魔撒旦有關。

另外，在元雜劇《竇娥冤》裡，竇娥被貪官誤判，冤枉而死，在即將行刑的時候，她就許了三個願望，如果她是冤枉的，第一，刀過人頭的時候，血向上噴，不會流到地上，第二，六月天要降三尺白雪，第三，要連三年大旱，證明她是冤枉的。結果果然都實現了。所以這齣戲後來有個別名，叫做《六月雪》。

七

《漢字源流彙編》

甲骨文	金文	戰國文字	篆文	隸書	楷書
燕 37	集成 4320（宜侯夨簋）、集成 4315（秦公簋）	包 2・105、信 2・012	說文	孔龢碑、孔宙碑	教育部標準楷書

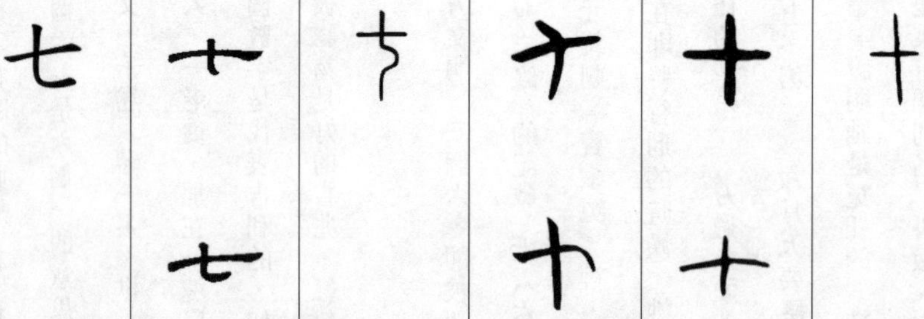

甲骨文作十，橫畫表示被切割的物體，直筆表示切斷，「切」字的初文。金文作十，承甲骨文而來。戰國文字橫畫略為右下彎，篆文直筆略作彎曲，以示與九十之「十」有所分別。隸書承篆文而直筆右彎，楷書沿之而定體。在六書中屬於指事。

本義為切割的意思。假借為記數之名，如「七夕」、「七月」、「七矮人」。民俗中借指人死後每隔七日祭悼亡魂的代稱，如「做七」、「七七」。也假借為姓。

七，原本的寫法，和現在的「十」一模一樣，只有一橫一豎，用來表示切割，橫畫是被切割的物體，直筆表示切斷，是「切」的本字。後來為了要和「十」區隔開來，直豎向右彎，變成了現在的七。假借成數字，大寫在左邊加三點水，下面再加一個木。

七是一個數目字，用來表示數量，像是「七個小矮人」。

七也是序數，好比說「七年級」，「七月」。

七的成語有【七手八腳】、【七上八下】、【七零八落】、【七嘴八舌】、【七竅生煙】。

七手八腳

「亂七八糟」、「七零八落」、「七嘴八舌」，這些成語都有不整齊、錯落的意思。「七手八腳」也是如此，用來形容人多動作紛亂又沒條理。

七上八下

是形容人心情起伏不定，心情的「上下」就是「忐忑」。「方寸裡七上八下，如咬生鐵橛」，意思是內心忐忑，像是咬到鐵釘一樣。

七零八落

「零落」原來是指草木凋落，在屈原〈離騷〉裡寫：「惟草木之零落兮，恐美人之遲暮。」後來引申成死亡、落魂、零散等意思。「零落」這個詞鑲嵌入七和八，就變成了七零八落。完整的整體分散開來、支離破碎了。

七竅生煙

「七竅生煙」是說人的臉上眼、耳、鼻、口七個孔都冒出火，生出煙了，誇張地形容一個人為了某人或某事，十分焦急或氣憤到了極點。這個用法較早可以在《說唐演義》裡看到，在寫隋末唐初英雄的開國事跡。

隋煬帝主政後，暴亂荒淫，導致天下大亂，群雄並起。其中以唐公李淵，與瓦崗寨群雄的勢力最大。有一次，邱瑞和宇文成龍，領兵攻打瓦崗寨，寨裡的軍師徐茂公就施計，斬下宇文成龍的首級，送到他父親宇文化及府中，並附上模仿邱瑞筆跡的書信。信中寫著：「你兒子不把我元帥放在眼內，屢次違我軍令，今已把他斬首，特此告知。」宇文化及看了勃然大怒，馬上拿給隋煬帝看。隋煬帝派人去捉拿邱瑞的家人，可是邱瑞的家裡早就沒有人了。於是煬帝又派官差飛奔到瓦崗，命令邱瑞自盡。這時邱瑞兒子邱福趕到營中，告訴父親說，家人都在瓦崗城中安頓妥當了，請邱瑞歸降。邱瑞聽後一時急得七竅生煙，主意全無。一會兒接到聖旨說，皇上要賜死自己，邱瑞長歎一聲，吩咐邱福先去通報，隨即收拾十五萬人馬，歸降瓦崗。

雖然現在我們稱七夕為情人節，但在古代，七夕其實稱作乞巧節，古代有女兒的人家，趁著農曆七月初七，向心靈手巧的織女乞求一雙巧手和巧藝，希望她傳授給女兒紡紗、織布的手藝。只是到了現代，婦女不再被要求要擅長女工，這個習俗消失，社會轉變，七夕就成了情人節。

八

《漢字源流彙編》

字體	出處	字形
甲骨文	合集143	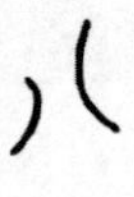
金文	集成9901（矢令方彛）	
戰國文字	包2·87、包2·41、牌406·19	  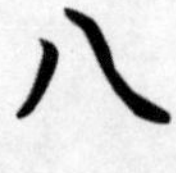
篆文	說文	
隸書	靈臺碑、史晨後碑	 
楷書	教育部標準楷書	八

甲骨文、金文、戰國文字、篆文諸形，都以左右各一筆外伸，以示分別之意，隸書繼之，楷書沿之。以上諸形，都據臆構的虛象造字。在六書中屬於指事。有學者以其像人之雙臂下垂外伸，義為手臂，則屬象形（《文字析義》P.15），可備一說。

本義是手臂。引申為分、別，如「今江、浙俗語，以物與人，謂之八」。比擬像八形的樣子，如「八字眉」。假借為數目名，十個數目的第八位，如「四維八德」。或假借為很多的，如「八面威風」。也假借為姓。

「八」這個字像是人的兩隻手臂下垂、向外伸的樣子，所以有分別的意思，後來又假借成數字。大寫寫成一個「別」，左邊加一個提手旁「扌」。

八用來表示數量，如，「八爪章魚」。

也是序數，像是「八月」，「第八天」。

八還可以形容多數、或者多方面，像是「四通八達」。

和八有關的成語，有【八拜之交】、【八面玲瓏】、【才高八斗】、【半斤八兩】。

八拜之交

元朝王實甫著名的雜劇《西廂記》，說的是張君瑞和崔鶯鶯的愛情故事。在戲裡，張君瑞第一次出場向觀眾自我介紹，就說他和老友杜確是八拜之交，因古時候對父執輩要行八拜禮，所以朋友如果和手足一樣親密，結為異姓兄弟姊妹的朋友，也要視對方的父執輩如自己的親人，就稱作「八拜之交」。

八面玲瓏

是出自於唐代盧綸的詩作。在他的一首詩裡，描寫彭祖樓的環境，稱它四面八方都有寬大的窗戶，所以室內光線十分充足，潔淨明亮，直逼仙境。因為八面都透光，所以稱作「八面玲瓏」。後來意思改變了，成為一個成語，用來形容人言行手段，十分巧妙，處世圓融。

才高八斗

「才高八斗」是東晉時代著名詩人謝靈運，從小受到良好的教育，很有才華也很有學問，他讚揚曹植，曹子建，說：「如果把天下文才的總合當做一石，那麼曹子建一個人能獨占八斗，我得一斗，天下其他的文人共得一斗。」

謝靈運才華出眾，卻不得志於當時，因此所表現出來的另一種態度，便是恃才傲物。「才高八斗」，雖然表面上是推崇曹植的文采之高，無人能及，實際上，卻是暗諷世人所有的才學加起來，還不如自己一人。

也由於謝靈運的這種態度，讓權臣更容不下他，幾經貶謫，最後在廣州被判了死刑，年僅四十九歲。「才高八斗」的人，才學極高，下場卻不怎麼樣。

半斤八兩

十六兩為一斤，半斤就等於八兩，所以用「半斤八兩」來比喻兩者相等，彼此一樣。在宋朝已經是常用的俗語。戲曲裡就已經有這樣的臺詞。兩個丑角為錢起了爭執，旁人說兩個人是「半斤八兩」，一樣無理。

八這個字，在漢語裡頭是個吉利的數字，取其諧音「發」，有發財的意思。所以有些和八有關的數字特別讓人喜歡，像是八八八，或者一六八。有趣的是，臺灣的公車號碼並沒有八號，因為臺灣人習慣以幾路來講公車，而八路剛好跟中共解放軍的前身，八路軍一樣，當時國民政府有著強烈反共的意識形態，自然就沒有八號公車了。

以下是為了舉例，不是在罵髒話，大家不要誤會，「王八蛋」這句粗話，其實原本是「忘八端」，這個八端，是儒家思想裡的「孝」、「悌」、「忠」、「信」、「禮」、「義」、「廉」、「恥」，所以忘八端就是在罵人忘記了這些做人的根本。嗚呼！可不懼哉！

九

《漢字源流彙編》

字體	出處	字形
甲骨文	前 2.14.1、菁 2.1	 
金文	集成 2837（大盂鼎）	
戰國文字	郭・老甲・26	
篆文	說文	
隸書	孔龢碑	
楷書	教育部標準楷書	

甲骨文二例，像有柄和曲刃的鐮刀，屬象形（《文字析義》，P.292）。金文之，承自甲文，只是橫把太過彎曲，稍失其形。戰國文字之，源自甲文第一例，又較金文之形更像鐮刀的樣子。篆文作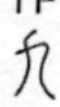，橫把拉長，曲刃又不夠彎曲，則更失形。隸書作，則又貼近甲文之形。楷書之形，沿自隸書以定體。以上諸形，都據具體的實象造字。在六書中屬於象形。

本義是鐮刀。此義文獻不見應用，而都為假借義所專。假借為數名，如「九州」、「九流十家」。據此引申為多數，如「九死一生」、「九合諸侯」。引申為深，如「九泉之下」。引申為高，如「九霄雲外」。也假借為姓。

九，這個字的古字，長得像彎彎的鐮刀，所以它本來是鐮刀的意思，後來假借成數字，本義也漸漸消失。

九用來表示數量，大寫寫成一個玉字旁，再一個長久的久。

九也是序數，例如「九月九日」。

它還可以用來形容數量或者次數很多。像是「九命怪貓」、「十拿九穩」。

九的成語，有【一言九鼎】、【九牛一毛】、【九死一生】、【九霄雲外】。

九牛一毛

和《史記》作者司馬遷有關。李陵將軍出兵攻打匈奴，卻戰敗投降，漢武帝知道了以後非常生氣，不但殺了李陵全家，還囚禁為李陵辯護的司馬遷，甚至對他處以宮刑。司馬遷受到極大的打擊，本來想一死了之，但轉念一想，人都會死，但死有重於泰山，也有輕於鴻毛，像他這樣官位低微的人死了，就像九頭牛身上少了一根毛，一點影響也沒有，不但得不到同情，還會遭人恥笑。於是司馬遷決定忍辱負重，完成了《史記》這部偉大的著作。

九死一生

愛國詩人屈原，性格耿直驕傲，後來被別人的讒言誣陷，讓楚懷王逐漸疏遠他。屈原於是作〈離騷〉，表明愛國心志，意思是說，雖然楚懷王聽信讒言疏遠他，但他還是不放棄自己的理想，絕不與奸佞之徒同流合汙。「亦余心之所善兮，雖九死其猶未悔」。「九死一生」就從這裡演變而出，用來形容歷經極多、極大的危險而倖存。

九霄雲外

唐朝劉禹錫和白居易是知交好友，有一次他們一起登上棲靈寺塔，這個塔高九層，氣勢宏偉，在塔頂觀景，就像身處於層層白雲之上，這首詩有一句是「九層雲外倚闌干」。「九霄雲外」這個成語就從這裡演變而出，用來比喻天上無限高遠的地方。

另外在清朝，康熙皇帝總共有二十四個兒子，其中參與皇位爭奪的，就有九個，這場激烈的爭奪，最後以四皇子雍正勝出，也因為這樣，雍正為了防止兄弟相爭的慘劇，開始實行秘密建儲的制度，不再公開設立太子。先由皇帝寫詔書，放在乾清宮正大光明這個匾額後面，等到駕崩以後，才能打開來，宣布繼承人。

當年雍正跟兄弟們爭奪皇儲之位的歷史事件，就是非常有名的「九王奪嫡」。

十

《漢字源流彙編》

甲骨文	金文	戰國文字	篆文	隸書	楷書
合集137正	集成2763（我方鼎）、集成2783（七年趙曹鼎）	上（2）·容·39、包2·111、曾159	說文	孔龢碑	教育部標準楷書

甲骨文之形，像結繩記事的繩子。金文有二形：一為記事的繩子，一為已記事打結的繩子。戰國文字又有一形，由繩子中的點改為橫畫而作「十」，為篆文所本，隸書、楷書沿之，都據臆構的虛象造字。在六書中屬於指事。

本義是數字聚合。引申為數名，以九加一為十，如「人一能之，己十之」。引申為很多的，如「十目所視，十手所指，其嚴乎」？引申為第十位，如「是歲十月之望」。引申為圓滿，如「十全十美」。引申為完整，如「歲終則稽其醫事，以制其食，十全為要」。假借為姓（大陸特有）。

十這個字在被創造之初，像是古人結繩記事的繩子，在上面打了一個結，後來漸漸演變成現在看到的一橫一豎，屬於六書造字當中的指事字。數字的大寫寫作「撿拾」、「拾荒」的「拾」。

十是一個數目字，如「十本書」，「十張桌子」。也是序數，像是「十月十日」，「第十天」。十還可以用來表示很多的意思，好比說「一目十行」。

另外，「十」也很常表達完滿、達到頂點的意思，好比說「十足」、「十分」、「十全十美」。

十有關的成語，有【一目十行】、【一暴十寒】、【十全十美】、【十惡不赦】、【聞一知十】。

一目十行

一般人用眼睛看書，一次只能看一行，可是有一些人一次可以看多行，所以就用「一目多行」來形容閱讀速度很快。東漢的孔融，曾經寫了一篇文章，裡面提到八個特別有才能、或者品行良好的人，而其中一個，可以同時閱讀五行字，原文中就有「五行俱下」的用法。後來又有很多這一類的用法，但是一目十行最為常見，於是演變成現在的成語。

一暴十寒

戰國時候的齊王，為政沒有什麼成就，讓當時的人們很不滿意。而孟子就說了：「這並不是因為大王不夠賢能。因為就算是天下最容易生長的生物，如果讓它在太陽底下曝晒一天，又放在很冷的地方十天，那他也沒有辦法存活。我跟大王相處的時間有限，一旦我離開，那些奸臣小人又來動搖大王的決心，我就算能讓大王萌生一些向善的念頭，又有什麼用呢？」後來原文中「一日暴之，十日寒之」演變為「一暴十寒」這句成語，用來比喻人做事缺乏恆心，時常中斷。

十全十美

「十全十美」的全和美都有圓滿的意思，而「十」是數目之足，所以「十全十美」就可用來比喻圓滿美好、毫無缺陷的境界。「十全」這個用法，最早在《周禮》裡面，講述「醫師」一職的績效考核，以「十全為上」，就是說，如果治療了十個病人，通通都能痊癒，這，實在太強人所難了。

聞一知十

顏回天資聰穎，安貧樂道又好學，在眾多弟子中，孔子視他為自己最得意的學生，子貢能言善辯又足智多謀，料事多中，也是孔子的得意門生。有一次，孔子問子貢：「你和顏回，到底是誰比較優秀？」子貢回答：「我怎麼敢跟顏回比呢？他聽說一件事，就能推知十件，我頂多兩件而已。」孔子也說：「是比不上啊！我和你都比不上他呢！」後來「聞一知十」就用來形容人稟賦聰敏，善於類推。

十，我們視之為一次數字循環的完結，那是因為現在我們在計算數目時，都是使用十進位制。這個十進位制的計數法，最早是中國發明的，就是以十個以下的號碼代表一切數值，也有學者認為這是和印刷術、火藥和指南針一樣，是對世界文明的重要貢獻。日常生活中，其他的進位制還有時間，以六十進位；計算月份或者時辰，以十二進位，至於電腦，則是0101，二進位。

百

《漢字源流彙編》

甲骨文	金文	戰國文字	篆文	隸書	楷書
合集 5772	集成 9901（矢令方彝）	包 2·115、睡·效 9、睡·日甲 159 背	說文、說文古文	華山廟碑	教育部標準楷書
					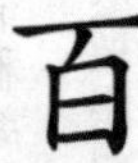

「百」字從甲骨文到楷書都有，變化不大，是由「白」字分化出來的。在甲骨文的「白」字上添一橫筆，中間再加入「∧」形，就分化出「百」字。古人以增加筆畫的方式，讓「百」與「白」在字形上有所區隔，本是大拇指「擘」的初文。到了金文，「百」字作從「一」、從「白」。戰國文字有的將字形偏旁的「白」進一步訛變成「自」，《說文》古文正是承襲這種系統的寫法；或是在原有的橫筆上再添一飾筆，字形更加繁複。雖然「百」、「白」可透過字形嚴格加予區分，但在先秦出土文獻中，卻常常以「白」為「百」的。《說文》解釋「百」字為「十十也。从一白。」在六書中屬於合體指事。

音讀ㄅㄞˇ（bǎi），本義為十的十倍，在文獻資料中幾乎都作數詞使用，如「百子圖」、「百分比」、「百年樹人」。引申為數量或品類很多，如「百家姓」、「百花齊放」、「百科全書」。引申為完全，如「百無禁忌」。假借為姓。

另音ㄅㄛˊ（bó）、陸音ㄅㄞˇ（bǎi）時，假借為地名，如廣西自治區有「百色」。

百，是數字，好比說「百分之一」，「一百個人」。百也有數量很多的意思，像是「百弊叢生」、「百家爭鳴」、「百科全書」、「百花齊放」……等等。

百的大寫，就在左邊加個人字旁。

百有時候也讀作「ㄅㄛˊ」，像是在廣西，有一個縣，就叫作百色縣。

和「百」有關的成語，有【一呼百諾】、【百折不撓】、【百步穿楊】、【百發百中】、【五十步笑百步】。

一呼百諾

西漢的《韓詩外傳》，有一篇在比喻君臣關係。文中說能做表率的人，是老師；而只會投合、討好，人家一呼喚就連聲應諾的，是奴才。上等的君主要以老師為輔佐，奴才輔佐出來的君主，就會陷國家於危急滅亡的處境。「一呼百諾」這句成語就從這裡演變而出，形容奴才眾多。

百步穿楊 百發百中

楚國有一個名叫養由基的人，善於射箭。在距離柳樹一百步的地方射擊，射出一百支箭，每一箭都能射中柳葉，一旁觀看的人都誇讚射得很好。但是有一個路過的人，卻勸他：「你射柳葉百發百中，卻不節制，不休息，等疲倦了，一箭也射不中，就會前功盡棄。」

「百步穿楊」和「百發百中」這兩句成語，用來形容射箭技術高超或射擊技藝高強。「百發百中」也可以指人料事或用計準確。

五十步笑百步

戰國時代，有一次孟子去見梁惠王，梁惠王說：「我治理國事，真是盡心盡力了！河內遇到饑荒，就把災民遷移到河東，又運糧食來賑濟。當河東遇到饑荒，也是這樣處理。看看鄰國，沒有一個國君像我這樣用心的，但是鄰國的百姓沒有減少，我國的百姓也沒有增多，這是什麼緣故呢？」孟子回答說：「您向來喜歡打仗，我就用戰爭來做個比喻。戰鼓咚咚的敲著，兩軍的刀劍已經交鋒。戰敗的士兵丟盔棄甲，拖著兵器逃走，有的逃了一百步才停下來，有的逃五十步就止步了。如果逃了五十步的人卻取笑那逃了一百步的，說他膽子小。您覺得怎麼樣呢？」梁惠王說：「只不過沒跑一百步罷了，但逃了五十步也是逃跑啊！」

孟子說：「您既然明白這個道理，就不必奢望百姓會比較多了。彼此都不管人民的死活，怎麼能期望人民來歸附呢？」後來這個故事被濃縮成「五十步笑百步」，明明和別人有同樣的缺點或錯誤，卻自以為是，還譏笑別人。

百這個字，常常都是用來比喻數量很多的意思，像是「百貨」、「百姓」、「百葉窗」、「一樣米養百樣人」。

中國傳統有個育兒習俗，就是為嬰兒穿上百家衣，希望小孩能得百家之福，少病少災，長大成人。而這個百家衣，就是由向百家近親鄰居，求來的碎布，一片一片縫在一起的衣服。特別是一些姓氏諧音特別吉利人家，能為小孩祈福。

千

《漢字源流彙編》

字體	出處	字形
甲骨文	合集116反	
金文	集成2837（大盂鼎）	
戰國文字	帛甲4·31	
篆文	說文	
隸書	韓勑碑	
楷書	教育部標準楷書	

從甲骨文到楷書，千字都是從一，表示一個數目單位；人聲，表示音讀。古人先假借「人」字表「十百」，後來又於人下加一橫線，成為十百數目的專用字。在六書中屬於形聲。

本義是數目名，指十的百倍，又寫作「仟」。引申表示數量很大、眾多，如「千刀萬剮」、「千言萬語」、「成千上萬」、「千秋萬世」、「千變萬化」、「千挑萬選」。假借為姓。

千，是數目字，是十的百倍，比如說「一千塊錢」、「一千個人」。

千也代表數量很大的意思，像是「千言萬語」、「成千上萬」、「千秋萬世」。

大寫「仟」是再加上一個人字旁。

千的成語，有【一字千金】、【一諾千金】、【千里鵝毛】、【千鈞一髮】。

一字千金

呂不韋完成了二十餘萬字的《呂氏春秋》。這本書內容包含了歷史、地理、傳記，涵蓋天地萬物和古今之事，呂不韋很得意，把它公布在咸陽城門口，請大家提供意見和批評，他說如果有人能更動其中的一個字，就賞賜千金。但因為呂不韋當時位高權重，沒人願意得罪他，所以始終沒有任何人出面批評。這讓呂不韋和《呂氏春秋》名揚天下。「一字千金」，用來比喻文辭精當，結構嚴謹的作品。「一字千金」也有用其字面意思，用來指書法寫得非常的好，一字價值千金。

一諾千金

漢朝初年有個人叫季布，他很講信用，凡是答應過的事，一定辦到，因此享有盛名。有個叫曹丘生的，去拜訪季布，他說：「楚人有一句諺語說：『黃金百斤，不如得季布一諾。』」季布聽了這句恭維的話很高興，就以上賓之禮招待他。臨走的時候，還送了一份厚禮。曹丘生繼續替季布宣揚，季布的名聲也就愈來愈大。「一諾千金」就是從「黃金百斤，不如得季布一諾」而出，用來形容信守承諾，說話算話。

千里鵝毛

宋朝的歐陽脩，有一次收到朋友送來的一包銀杏，寫了一首詩答謝他。「鵝毛送千里，所重以其人」。用千里迢迢送來一根鵝毛，做為比喻，表示銀杏雖然不是多麼珍貴的禮物，但因為是朋友的一片心意，所以彌足珍貴。

另外還有一個故事。說在唐朝的時候，雲南進貢了一隻天鵝，護送天鵝的使者經過沔陽湖時，想幫天鵝洗澡，結果卻不小心讓天鵝飛走了，只剩下一根鵝毛，使者只好寫了一首詩向皇帝請罪，詩裡頭就有一句是：「禮輕人意重，千里送鵝毛。」皇帝看了這首詩之後，居然就原諒他了。

千鈞一髮

大文豪韓愈被貶到潮州當刺史的時候，結識了一個老和尚，兩人很談得來，外面的人都傳說韓愈也信佛了。他的朋友孟郊聽到傳聞，很疑惑，因為韓愈本來是最反對佛教的，於是就寫了封信去問這件事。韓愈收到後馬上回了信，在信裡他解釋他沒有信奉佛教，同時批評大臣們蠱惑皇帝，皇帝又因此疏遠賢人，他在信裡寫道：「百孔千瘡，隨亂隨失，其危如一髮引千鈞……」，就是說時政的危急，就像是在一根頭髮上，掛著千鈞重的東西一樣。

「千鈞一髮」，就是指情況非常危險。

在成語和俗語裡，特別常用「千里」來形容很遠的地方，像是「千里眼」、「跋涉千里」、「送君千里，終須一別」、「拒人於千里之外」……等等，這個「千」就是指數目很大，路途很遠，並不一定是真的「千里」。

有個工讀生在義大利餐廳打工，有次客人點了千層麵，就問：「這個千層麵有幾層呀？」結果他竟然回說：「他叫千層麵，應該是有千層吧？」當然不是！其實一般餐廳大約都做四、五層，千層只是很多層的意思。

萬

《漢字源流彙編》

甲骨文

合集9812、存下485

金文

集成3723（仲設）、集成3846（䵼伯設蓋）

戰國文字

帛甲2．28、睡．秦21

篆文

說文

隸書

曹全碑、華山廟碑

楷書

教育部標準楷書

萬

甲骨文作「」，周代金文作「」、「」等形，像蠍子之形，突出其利鉗，長尾毒螯，中像環節。「萬」字之毒螯後訛變為「厹（内）ㄖ又」，後假借為數目專字，本義湮沒。秦篆後隸楷上部作「」。《說文·内部》：「，虫也。从厹，象形。」本義為蠍子。

在六書中屬於獨體象形。

本義為蠍子。假借為數詞，表示十千，如「乃求千斯倉，乃求萬斯箱（《詩經·小雅·圃田》）」、「車六七百乘，騎千餘，卒數萬人（《史記·卷四十八·陳涉世家》）」。引申為極多、眾多，如「排除萬難」、「萬國咸寧（《易經·乾卦》）」、「萬金寵贈不如土（唐·柳宗元〈古東門行〉）」。引申為絕對，如「萬不得已」、「萬萬不可」、「萬全之策」、「使中主守法術，拙將守規矩尺寸，則萬不失矣（《韓非子·用人》）」。引申為古代大型舞蹈名，如《左傳·莊公二十八年》「為館於其宮側而振萬焉」。假借為姓。

萬這個字是象形字，原本是蠍子的意思，甲骨文的萬就是一隻蠍子的形狀，後來字形發生訛變，又被假借為數詞使用，就成了現在的萬。

萬是數字，代表十個一千，例如「一萬塊錢」。也可以表示數量很大，像是「千山萬水」、「萬紫千紅」、「讀書破萬卷」。

還可以指程度很高，相當於「完全」、「絕對」，好比說「萬難從命」、「萬不得已」、「萬幸」。

萬的成語，有【千軍萬馬】、【千變萬化】、【包羅萬象】、【腰纏萬貫】、【萬劫不復】。

千軍萬馬

南朝梁有個大將軍叫做陳慶之，他戰功彪炳。後來北魏的北海王，來向梁朝投降，請求梁朝立他為北魏的皇帝。梁武帝接納了他，並派陳慶之護送北海王回到北魏。北海王稱帝後，封陳慶之為鎮北將軍，征伐殘餘勢力，節節勝利，名震一時。由於他的軍隊都穿著白袍，所向披靡，所以洛陽有首童謠就唱著：「名師大將莫自牢，千兵萬馬避白袍。」「千軍萬馬」這句成語就從這裡演變而出。

千變萬化

周朝的時候，有個會特異功能的人從西方來，能進出水火，穿透金石，把山川夷為平地，把城市遷到別處；能凌空又會穿牆。變化多端，無窮無極。周穆王對他非常敬畏，奉若神明。

又有一次周穆王西遊，遇到一個巧匠，他製作的木偶跟真人一樣，在操控下還能跳舞，動作十分靈巧。周穆王見了非常驚異，就稱讚工匠的技藝精巧，「千變萬化」。

包羅萬象

這個成語出自古代一本風水學的書籍，叫《黃帝宅經》，講述陰陽宅位的風水易理。書序裡，作者提到當今不少宅經中的知識「包羅萬象」、內容廣泛，包括日月、乾坤、寒暑、陰陽等等，人每天都會接觸到，又是祖先留下來的智慧，一定要好好利用。這個成語就被用來形容內容豐富，應有盡有。

腰纏萬貫

「貫」，是古代計算錢幣的單位，一貫有一千錢，「腰纏萬貫」那可是非常富有的。

南朝有個故事，有幾個人聚在一起說自己的願望，有人說「願為揚州刺史」，有人說「願多貲財」，還有人說「願騎鶴上昇」，這三個人的志願其實就是當官、發財、成仙，也是一般人最普遍的渴望。而在他們三人說完後，又有一人跟著說出他的志願是：「腰纏十萬貫，騎鶴上揚州。」也就是帶著很多的財富，成仙駕鶴，前往揚州就任刺史，前面三個人的願望，他全要。

萬劫不復

佛教用語，說世界的一次形成和毀滅叫做一劫，萬劫就是很長的時間，有永遠的意思。佛經勸人不要做壞事，如果輕視小罪過，以為沒有關係，罪惡之心就像小水滴，不理會就會積成大缸水，變成大罪惡。人萬一墮入地獄，就算經歷了萬劫那麼久的時間，也無法投胎變回人身。這就是「萬劫不復」。也被用來比喻無法挽救。

萬，常常和千連用，千和萬都有多的意思，兩個一起用，就是很多，非常多。像是「成千上萬」、「千真萬確」、「千挑萬選」、「千頭萬緒」、「千刀萬剮」……大都是在一個既有的詞裡，鑲嵌入千和萬兩個字，變成四字成語。

金

《漢字源流彙編》

甲骨文

金文

集成6016（夨令方尊）、集成4179（小臣守簋）、集成4620（叔朕簠）

戰國文字

包2·115、包2·263、牌406·4

篆文

說文、說文古文

隸書

衡方碑、武榮碑

楷書

教育部標準楷書

金文三例，其形或有二點、或有三點、或有四點，凡此都像金粒之形，是金字的初文（《轉注釋義》，P.61），有獨立的形、音、義，屬象形。由於金粒藏於土中，就增土為形，而金粒就成了聲符，成為從土、‖（∴或∵）聲的形聲字。後有加今聲在土之上，成了「從土，‖、今皆聲」的形聲字。戰國文字的一、二例，和金文的字形大同小異，其第三例和隸書的第二例以及楷書的形體一致。篆文金形最能看出其形為從土、‖今皆聲。隸書第一例，形變為金，頗失其形。古文金也是「從土、∴、今皆聲」的形聲字。

本義是一種金屬，計有白金、青金、赤金、黑金和黃金。引申為金屬的統稱，如「金、銀、銅、鐵、錫」。引申為貨幣、金錢，如「拾金不昧」、「揮金如土」。引申為金屬製成的兵器，如「刀、劍、金、革」。引申為金屬製成的器具，如「金鐘」、「金杯」。引申為珍貴、貴重的，如「金科玉律」。引申為堅固嚴密的，如「金城湯池」。引申為古時八種樂器之一，如「匏、革、土、木、石、金、絲、竹等樂器」。引申為五行之一，如「水、木、金、火、土」。比擬像金形的顏色，如「金光閃閃」。假借為星名，如「金星」。或假借為朝代名，如「金朝」。也假借為姓。

金的本義是指一種金屬，有白金、青金、赤金、黑金和黃金，後來引申成金屬的統稱，像是「合金」、「冶金」、「五金」。

也可以形容顏色像金子一樣，如「金黃」、「金光」。

在古代，用來指金屬做的兵器、鐘鼎等等器物，像是「金文」，就是刻在青銅器上的文字，又叫「鐘鼎文」。「鳴金收兵」的金，就是鑼。

現在最常見的用法是當作錢、貨幣，像是「金額」、「撫卹金」、「拾金不昧」、「揮金如土」。

金也有珍貴的意思，像是「金科玉律」、「金玉良言」。

它還是「金木水火土」，五行之一，這五種物質，在古代被視為構成萬物的基本元素。

金戈鐵馬

「金戈鐵馬」的「金戈」，出於南朝謝脁寫的詩裡，他描述太子舉辦的宴會十分盛大，就提到隨從們的戈，在太陽底下熠熠發光，很威武。「鐵馬」則是南朝的另一個文人寫的文章，用披掛裝甲成群結隊的戰馬，還有朱紅色，綿延萬里的軍旗，形容軍隊浩大雄壯。後來這兩個詞語被合用成「金戈鐵馬」，用來形容戰士的雄壯英姿、也比喻戰事。

金屋藏嬌

「金屋藏嬌」的典故大家耳熟能詳。漢武帝小的時候，長公主問他：「宮裡有這麼多美女，你想娶誰當媳婦呢？」武帝說他都不喜歡。長公主聽了，就指著自己的女兒，問：「那把阿嬌嫁給你，好不好？」阿嬌是武帝的青梅竹馬，武帝本來就很喜歡她，所以他很高興地說：「如果我娶了阿嬌，一定會蓋一座金屋給她住！」後來武帝果然和阿嬌成婚，即位之後也立阿嬌為皇后。

後來「金屋藏嬌」就演變為成語，比喻男人納妾或外遇。

金科玉律

揚雄是西漢後期的重要文人，擅長寫漢賦，和司馬相如、班固、張衡並稱「漢賦四大家」。他這個人口吃，不擅說話，以文章見長，其中一篇就讚揚了王莽，說他能效法上古堯、舜、商、周的美好制度，訂定了完善嚴密的法令，因此得到上天降下的種種祥瑞。「金科玉律」就是從這裡來，用來比喻不可變更的信條。

紙醉金迷

唐朝有個叫孟斧的醫生，時常出入皇宮治病，看了宮室的建築，就留下深刻的印象。後來他隱居蜀中，就把一個小房間佈置得窗明几淨，器物上都貼上金紙，金光四射。有人親眼看過，就跟人說：「在這個房間裡，會讓人沉醉在絢爛的金光裡」也就是「紙醉金迷」。後來這句成語演變成奢侈浮華的享樂生活。

惜墨如金

宋代有個叫做李成的人，出身貴族，很有才華，但是在政治上不得志，於是縱情山水，以畫自娛。他的畫獨樹一格，不輕易下重筆，先用淡墨一遍遍薄薄地塗，最後才用濃墨潤色，層次逐漸深入，濃淡有致，有人就評論他這樣的畫畫方式「惜墨如金」。後來演變成成語，比喻寫字、作畫態度謹慎，不輕易下筆。

「金」字常和「玉」連用，都是珍稀的珠寶，黃金和珠玉，所以就用來表達貴重、或者才德，像是「金玉滿堂」、「金玉良言」、「金玉其外、敗絮其中」。

木

《漢字源流彙編》

字體	出處	字形
甲骨文	合集 32216	
金文	集成 8477（木父丁爵）、集成 8691（木父癸爵）	 
戰國文字	上（1）·孔·12、信 2·025	 
篆文	說文	
隸書	桐柏廟碑	
楷書	教育部標準楷書	木

從甲骨文到篆文之形，都上像樹枝，中像樹幹，下像樹根，據具體的實象造字。在六書中屬於象形。字經隸書，形變作，樹枝拉直，而為橫畫，遂失其形，楷書即沿之而定體。金文第二例作，上端填實，以黑點表樹枝濃密之形，不失木的基本結構，所以仍屬象形。

本義是樹木，如「十年樹木，百年樹人」。引申為木材，如「朽木」。引申為棺材，如「行將就木」。引申為古時八種樂器之一，如「匏、革、土、木、石、金、絲、竹等樂器」。引申為樸直，如「剛、毅、木、訥，近仁」。引申為呆板，如「木頭木腦」。引申為沒有知覺，如「麻木不仁」。引申為五行之一，如「水、木、金、火、土」。比擬像樹形直立，如「木然無言」。假借為星名。也假借為姓。

木，是象形字，畫的是樹枝、樹幹、樹根。本義就是樹木，木本植物的通稱。像是「草木」、「花木扶疏」。也是木材，如「朽木不可雕也」。

棺材，是用木頭做的，所以木也能當成棺材的意思。像是「行將就木」。

「木」也能說人呆笨、遲鈍，像是「鈍頭木腦」、「呆木」。好聽一點或說是性情質樸，如「木訥」。

「木」也可以是沒有知覺的意思，像是「麻木」。

另外，木是重要元素，五行之一，「金、木、水、火、土」。木的成語，有【木已成舟】、【行將就木】、【麻木不仁】、【槁木死灰】、【緣木求魚】。

木已成舟

古人製造木舟、木船，拿一個大木頭，挖鑿而成。《易經》就說了：「刳木為舟，剡木為楫。」就是這個意思。因為要挖木為船，所以在製作之初，如果後悔，這塊木頭仍可移作他用，假如木頭都挖空了，船都完成了，才來後悔，那就來不及了。因此古人用「木已成舟」來表示事情發展已成定局，無法改變了。

行將就木

春秋，晉獻公晚年十分寵愛驪姬，想要改立驪姬的兒子為太子，結果太子申生被迫自殺，次子重耳逃亡國外十九年。重耳逃亡了以後，流轉於各個諸侯國之間，在狄國住了十二年，娶了季隗為妻。當他終於決定回到齊國時，他要季隗等他二十五年，如果沒有回來就改嫁。季隗說，她已經二十五歲，再過二十五年就是快要進棺材的老太婆了，堅持要等他。後來重耳借助秦穆公的力量回到晉國，即位成為晉文公，並依言將季隗接回國。「行將就木」這個成語就是從這裡出來，用來指年紀已大，壽命將盡。

麻木不仁

麻木不仁原本是一個醫學用語。在《黃帝內經》裡介紹了「痹症」，是人體遭受風寒侵襲後，氣血運行失常，於是肢體、關節痠疼、麻木等的一種疾患。後來演變為成語，比喻對事物漠不關心或反應遲鈍。

槁木死灰

槁木，是乾枯的木頭；死灰，是不再燃燒的灰燼。莊子《齊物論》裡寫到，顏成子游，看見老師南郭子綦仰望天空緩緩吐氣，像精神離開了形體，於是問：「形固可使如槁木，而心固可使如死灰乎？」意思是：形體可以像枯木一樣靜立不動，精神也能像冷卻的灰燼一樣嗎？南郭子綦回答說，因為他已經忘掉自己的形體，達到對外物無動於衷，物我兩忘的境界了。後來「槁木死灰」變成成語，形容人遭受挫折變故，灰心絕望的樣子。

緣木求魚

戰國的齊宣王，想效法春秋時齊桓公與晉文公，成就霸業，於是向孟子請教他們的事蹟。孟子說他沒聽說過，但可以講述怎麼以「仁」統治天下，他認為最重要的就是照顧百姓，尊敬自己的父兄子弟，再推己及人，如果不從基礎開始，就想稱霸天下，那跟爬到樹上抓魚一樣，是不可能達成的。「緣木求魚」從這裡演變為成語，是用錯方法，徒勞無功的意思。

水

《漢字源流彙編》

字體	出處	字形
甲骨文	合集 33351、合集 5837、合集 33356	
金文	集成 5983（啟作且丁尊）、集成 4270（同毀蓋）、集成 980（魚鼎匕）	
戰國文字	上（2）·魯·4、郭·尊·7、包 2·213	
篆文	說文	
隸書	景北海碑陰	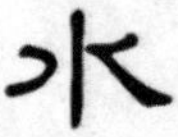
楷書	教育部標準楷書	水

甲骨文三例，以水直立示形，都像水流的樣子。金文三例，都承於甲文第一例，中像水的主流，兩側像水花，屬象形。戰國文字三例以及篆文，源自甲、金文之形，顯而易見。字經隸書，體變作水，略失其形，楷書則沿之而定體。以上諸形，都據具體的實象造字。在六書中屬於象形。

本義是水流。引申為水域，如「三面環水」。引申為水路，如「水陸暢通」。引申為洪水，如「地勢低窪，一發水不得了」。引申為河流，如「漢水」。引申為汁液，如「自來水」。引申為五行之一，如「水、木、金、火、土」。假借為星名，如「水星」。也假借為姓。

水，無色無味的液體，氫氧化合物，是維持生命存在必不可少的物質。

水這個字可以引申成江、湖、海等一切水域，像「水陸兩棲」、「跋山涉水」。也用來指水路，如「水運」、「水陸兼程」。可以指洪水或火災，如「水火無情」、「走水」。另外，水還用來指附加的收費或額外收入，像是「貼水」、「撈油水」。

水到渠成

蘇東坡剛被貶到黃州的時候，連薪水都沒了，家裡人口又多，弄得他很煩惱，非痛下決心節省不可。他每月初一從儲蓄中拿出四千五百錢，分成三十份，每份一百五十錢，將它們掛在屋梁上，每天清晨，用畫叉挑取一份後，就把叉給藏起來。這些錢就是一天的花用，剩下的，存入大竹筒中，用在招待客人上。這樣一來，原有的儲蓄大概還可以支撐個一年多。至於一年多以後，再另作打算，反正水到渠成，不必眼前先作考慮。有了這樣安排，就沒什麼好煩惱了。

水泄不通

春秋荒淫無道的楚平王，因不滿忠臣伍奢的直言忠諫，將他冠上謀叛罪名，囚禁起來，他的大兒子也被逮補，只有小兒子伍子胥逃脫。楚平王就頒布一道詔書：「凡能活捉伍子胥的人，賞金千斤，封邑萬戶；如有收容縱放的，全家處斬。」詔書一下，到處布滿重兵，防備嚴密，一點水也無法泄漏。「水泄不通」這個成語，就用來形容包圍得很嚴密，或擁擠不堪。

水深火熱

戰國時燕國內亂，齊國乘機攻打，齊宣王覺得吞併燕國是天意，但孟子認為是民心。他說：「今天攻打一個國家，對方人民出來迎接，必定是希望來軍能解救他們於水深火熱之中。假如相反，讓他們陷入更大的痛苦，又怎麼會出來歡迎？」這後來演變為成語「水深火熱」，比喻處境非常艱困。

近水樓臺

「先天下之憂而憂，後天下之樂而樂。」這句話就是宋朝范仲淹所說，他重用賢能，樂於提拔下屬。但有個叫蘇麟的巡檢，見自己唯獨沒被舉薦，寫了一首詩給范仲淹：「近水樓臺先得月，向陽花木易為春。」暗示他：「在大人身邊的都受到提拔，卻唯獨沒有我啊！」范仲淹看完就明白了，為他薦舉了一個理想職位。後來「近水樓臺」演變為成語，就是說得地利之便，先得機會。

古代，人們的科學常識不如現在，常常會將自然世界的事物神格化。水既能養育生命，又能造成災害，人們對它又愛又怕，進而有水崇拜。中國傳統上的龍王，就是對水的神格化，而為了祈雨，在傳統信仰習俗下，就會建龍王廟、祭龍王。

火

《漢字源流彙編》

字體	出處	字形
甲骨文	合集 2874、合集 30774	 
金文		
戰國文字	帛丙 2·4	
篆文	說文	
隸書	白石神君碑	
楷書	教育部標準楷書	火

甲骨文二例，都像火燄上升的樣子，只是第二例在火焰中多了一些火星，然無損音、義，所以都據具體的實象造字。在六書中屬於象形。戰國文字，用線條表現，少了下端的邊緣，而多了上端的飾畫，頗失其形。篆文火，承自戰國文字之形，而除去其飾畫，較為簡明。字經隸書，體變作火，楷書沿之，也就不易看出它的原形了。

本義是火燄，如「星星之火，可以燎原」。引申為燒，如「火其書」。引申為進攻，如「火力全開」。引申為激動的情緒，如「火冒三丈」。引申為緊急，如「十萬火急」。引申為中醫指人體內的燥熱之氣，如「肝火」。引申為槍砲彈藥，如「軍火」。比擬像火一樣的顏色，如「火紅色」。引申為五行之一，如「水、土、金、火、木」。假借為星名，如「火星」。也假借為姓。

火是象形字，畫得像是火焰上升的樣子，還有火星，本意就是火焰的意思，如「星星之火可以燎原」。火引申成武器、彈藥，像是「火藥庫」。還有作戰的意思，如「交火」、「停火」。比喻暴躁或憤怒，像是「發火」、「火冒三丈」。也可以指快速或者緊急，如「十萬火急」、「火速前往」。

在中醫，則指人體內的燥熱之氣，如「肝火」。

如火如荼

春秋時，吳王夫差打敗了越國，正想繼續攻打國力最強的晉國，以成為霸主，越王句踐卻趁機帶兵攻擊吳國。吳王和大臣商討後，決定戰勝再回國，鼓舞民心。半夜，士兵都吃飽了，馬匹也餵足糧草，穿好盔甲，擺開方陣，中軍的士兵一律穿白的，白衣服、白盔甲、拿白旗，用白羽箭，遠遠望去好像一片白色的花；左軍則一律穿紅的，看上去像一團火球；右軍穿黑的，一片烏黑。天剛亮，吳軍已接近晉營，晉國國君見到盛大的軍容，趕緊派人議和，尊吳王為霸主。吳國的軍隊「望之如荼」、「望之如火」，後來就變成「如火如荼」，形容事物的興盛或氣氛熱烈。

抱薪救火

戰國時期，秦王一直想併吞其他國家。魏國對秦戰敗後，打算割地講和，孫臣認為不妥，就說：「這個作法對貪婪的秦國是行不通的。拿土地去討好秦國，就像抱著木柴去救火，火在木柴燒光前是不會熄滅的。這樣下去，總有一天魏國也會被秦國併吞。」魏王雖然認同，但還是擔心秦國不高興，割地討好秦國，最後果然被併吞了。「抱薪救火」就是用來比喻用錯方法，導致禍害加深。

玩火自焚

春秋時代，衛國公子州吁弒兄奪位，讓大臣百姓很不贊成，為了提高威望，他就準備出兵攻打世仇鄭國。魯隱公就此事詢問大夫眾仲，眾仲就回答：「以亂服人就像整理絲線，卻不先找出頭緒，只會讓事情愈來愈糟。而且呢，用兵就像玩火一樣，如果不知節制，總有一天會引火上身，燒死自己。」後來州吁雖然戰勝，卻如眾仲所言，沒有獲得百姓愛戴，反而不久就被殺了。「玩火自焚」就比喻盲動、蠻幹的人最後自食惡果。

洞若觀火

商朝君主盤庚，為了遷都作了告諭臣民之書（收錄於《尚書．盤庚》），裡面就有對那些專權弄政貴族大臣的訓誡之詞。盤庚說自己對他們的計謀私心，就像看著火光一樣清楚，只是因為自己拙於謀劃，才會讓他們犯下過失。他遷都後，消弭了王室內部的紛爭，促進經濟發展，也為後來的盛世打下基礎。「洞若觀火」，用來比喻觀察事物非常透澈。

火的發現，是人類早期的偉大成就之一。火除了提供熱源，讓人能到比較冷的地方生活，更重要的是，有了火以後，人類開始吃熟食。這件事之所以重要，是因為熟食比生食容易吸收，同樣的食物份量，吃熟食，讓人們有效率地獲取更多熱量，促使人類腦容積的第二次擴展，從原始人進化，變得更聰明了。

土

《漢字源流彙編》

字體	出處	字形
甲骨文	合集559正、合集8491、合集36975	
金文	集成2837（大盂鼎）	
戰國文字	上（2）·從（甲）·2、郭·緇·13、包2·214	
篆文	說文	
隸書	曹全碑、衡方碑	
楷書	教育部標準楷書	土

甲骨文之土，三例都像地上土塊之形，據具體的實象造字。在六書中屬於象形。金文土字填實，本為常例，自歸象形。戰國文字之一、二例，上承甲、金文之形，顯而易見，應少爭議；唯其第三例，土塊之點改易為「十」，頗離原形，不過卻可為篆文之土找到演變之跡，歸於象形。隸書之土，承自篆文，顯而易見。至於另一形之右方多一點，實屬書寫的飾畫，隸、草書多見，應無關其六書的歸屬。楷書承於隸、篆，可謂顯明，自宜歸於象形。或說土為社主，像木或石製成的標幟，屬象形（《文字析義》，P.263），可備一說。

本義是土塊，如「積土成山」。引申為鄉里，如「故土」。引申為疆域，如「國土」。引申為本地的，如「土產」、「土語」。引申為地區特有的習俗，如「風土」。引申為不合時宜的，如「土裡土氣」。引申為古時八種樂器之一，如「匏、革、土、木、石、金、絲、竹等樂器」。引申為五行之一，如「水、土、金、火、木」。假借為生的鴉片，如「煙土」。也假借為姓。

土這個字，長得就像地上的土塊，是象形字。土就是地面泥沙等等混合物，引伸成土地、領土，像是「疆土」、「國土」。也是故鄉，像是「故土」、「本土」。或者用來指當地的、地方性的，如「土產」、「土話」。也可以表示古老的、民間流傳的，像是「土方」、「土法煉鋼」。另外，也是俗氣、過時的意思。比如「土氣」、「他的髮型很土」。

土崩瓦解

漢武帝繼任後，一改漢朝初年無為而治的政策，進行了很多重要改革，包括獨尊儒術、統一貨幣、削藩集權、攻打匈奴，這些措施使漢朝聲威大振，但長期對外用兵，也讓經過多年休養生息，豐裕的國力消耗殆盡。為了應付龐大軍費，武帝又開納捐之例（也就是賣官），定鹽鐵酒國營專賣，但是種種措施都無法挽回國勢逐漸頹敗。賣官造成貪汙風氣，重用酷吏，律令嚴苛，也更使臣民刑獄氾濫，生活痛苦。當時的臣子徐樂，很想挽救國勢，就上書向武帝陳述治國之道，他說：「國家最大的憂患，在於土崩，而不在於瓦解。所謂的土崩，就是人民因為不堪暴政之苦，終於群起反抗。所謂的瓦解，就是政權內部的互相鬥爭。土崩，會讓政權被推翻，建立新政；瓦解，只是人事的改變而已。」徐樂希望能提醒武帝不可一味地窮兵黷武，更應該體諒人民的疾苦，使得人民能夠真正安居樂業，這樣一來，自然能夠威震天下，平服四夷。這就是「土崩」和「瓦解」的出處，到了後來兩者合用，比喻澈底潰敗，不可收拾。

捲土重來

晚唐詩人杜牧，有鑒於社會黑暗，政治腐敗，作了不少藉古諷今的詩。〈題烏江亭〉是他經過烏江亭時所作，烏江亭據傳為當年項羽自刎的地方。劉邦、項羽楚漢相爭，垓下一戰，楚軍瓦解，項羽自認愧對江東父老，羞憤自殺。後人很多讚賞項羽的氣節，杜牧卻不以為然。這首詩即開門見山點出，勝敗乃兵家常事，能忍辱負重的才是「男兒」，像項羽這樣失敗就以死了斷，是一種怯懦的行為。其實他所率領的一批江東子弟，其中不乏才俊，若是能重振旗鼓，誰勝誰敗都還說不定呢！「捲土重來」這個成語，就從「卷土重來未可知」這一詩句摘錄而成，用來比喻事情失敗後，重新整頓，再次來過。

揮金如土

宋朝毛滂寫了一篇文章〈祭鄭庭誨文〉，裡頭寫他的好友鄭庭誨，退休後每日飲酒作詩，不問世事。他視富貴如浮雲，「揮金如土」，交了許多好友，自由自在，毫無牽掛。這裡的「揮金如土」是指不看重金錢，原來並沒有貶意。只是後來我們用「揮金如土」，大多都是指別人極端浪費錢財，花錢就像撒土一樣。

有的時候，可能月底了，沒錢，就會開玩笑說：「要吃土了！」自嘲沒錢買飯吃，只能吃土。可是，明朝崇禎三年，西元一六三〇年，陝西大饑荒，人民是真的沒東西吃，餓到只能吃觀音土。觀音土又叫做高嶺土，吃了雖然可以臨時充飢，可是因為不能被人體消化吸收，吃多了會致人死地的。

古

《漢字源流彙編》

字體	出處	字形
甲骨文	續3168、合集905反	 
金文	集成2837（大盂鼎）	
戰國文字	包2·82	
篆文	說文、說文古文	 
隸書	孔龢碑	
楷書	教育部標準楷書	古

甲骨文之「古」，原本作，上從十，下從口。一口為一代，十口為十代，相繼傳承，歷時長久。即事經許多代的人輾轉流傳，年代自必久遠。其另一形作，因被借為方國之名，就加囗（ㄨㄟˊ）以示區別，則其構形為從囗、古聲。金文、戰國文字、篆文之形都承甲骨文而來，隸書、楷書繼之而不變，當為從十、從口以會意。在六書中屬於異文會意。古文是晚周俗體。

本義是很久以前的年代。引申為久遠，如「樹石千年古」。引申為古代遺留下來的，如「古剎」、「古琴」、「古畫」、「古跡」。引申為古代的人，如「貴古賤今」。引申為古代的事物，如「信而好古」。引申為年老的，如「古稀之年」。引申為祖先、先人的，如「古訓是式」。引申為質樸，如「人心不古」。引申為陳舊的思想，如「食古不化」。引申為天，如「天為古，地為久」。假借為姓。

今

《漢字源流彙編》

甲骨文

合集37

金文

集成9901（夨令方彝）

戰國文字

郭·唐·17

篆文

說文

隸書

華山廟碑、老子銘

楷書

教育部標準楷書

甲骨文作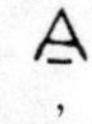，從亼，像屋脊之形，「一」像陰影之形。表示屋宇下的陰影。金文承之，下體短橫畫，變作短鉤形，並與屋脊形相接。戰國文字承之，上體屋脊形變作二「人」形，已失其原形，下體亦與屋脊形相接。篆文承自甲文，下體短畫變作短鉤，並與屋脊分離。隸書二例承自篆文，下體略有變異。楷書承襲篆文，下體直鉤變作左傾而定體。在六書中屬於合體象形。

本義為屋下陰影，乃「陰」字的初文。假借為現時，如「現今」、「今朝」。也假借為姓。

古，指的是久遠的年代，與「今」相對，像是「古今中外」、「無古不成今」。

引申為過去、陳舊的，例如「古都」、「古書」、「古人」、「古代」。

也泛指古代的事物，人物、典籍、文化、制度等等，像是「古為今用」、「信而好古」、「博古通今」。

還可以用來表示具有古代質樸、樸素風格的意思，如「古樸」、「古典」、「古雅」。

另外，「古」也是古體詩的簡稱，像是「五古」、「七古」。

「今」的意思，是現代的，和「古」相對，像是「貴古賤今」、「古往今來」。

也是現在的，好比說「今天」、「今朝」、「今年」。

古色古香

南宋趙希鵠，寫了一本關於考察、鑒賞古文物的作品。依中國的傳統說法，文具也叫文房器物，趙希鵠在書中論述鑒賞、收藏、裝裱等方面的經驗。趙希鵠談到辨別畫作真偽的方法：古畫會因為時日久遠，沾染灰塵，呈現黑色或淡黑色，散發出一種古雅的色彩和情調，具有獨特的氣味。如果是後人仿作的，則多為黃色，而且色彩鮮明，沒有任何的灰塵與暗淡的色澤。「古色古香」，用來形容具有古雅色彩和情調的書畫、器物、建築、藝術品等。

人心不古

元曲名家劉時中，見到江西大旱，災民受難的情況，作了兩套散曲，第一套陳述饑荒時「穀不登，麥不長」，人民沒有食物的悲慘遭遇，而且憤怒斥責了奸商富豪趁火打劫的罪行，展現元代社會嚴重的階級壓榨。第二套則是揭露官吏的無能與違法亂紀。他形容一群暴發戶般的官員狼狽為奸，勾結作惡，盡日將精力耗費在吃喝嫖賭，完全不顧百姓生計。劉時中說：「不是我要講他們的壞話，但怎麼能眼睜睜地看著邪惡戰勝正義？現在的人根本完全喪失了古時候的淳樸，『人心不古』，明明是人，但行事卻跟禽獸一樣。」「人心不古」，就用來感嘆後來的人，失去了古人的忠厚淳樸。

博古通今

「博」和「通」，都有見識廣大的意思，一個人如果對於古今之事都能通曉，學問自然十分淵博。《孔子家語》中，記載著孔子曾對弟子南宮敬叔稱讚老子，他說老子的學問淵博，通曉古今，又明白禮樂的源流演變，明白道德的道理，可以作為自己的老師。所以他就要弟子駕車，前去拜訪老子，向他請教禮樂之事。後來「博古通今」這句成語就從這兒來了，用來形容人學問淵博，通曉古今。

馮夢龍寫的三部短篇小說集，《喻世明言》、《警世通言》和《醒世恆言》，三言，常和凌濛初的《初刻拍案驚奇》、《二刻拍案驚奇》合稱為「三言二拍」，是明朝最有影響力的白話短篇小說集，總共將近兩百篇，明末的抱甕老人，就又從中選錄了四十篇，編輯成「三言二拍」選集《今古奇觀》。《今古奇觀》就讓人們能夠讀到「三言二拍」最精華的故事。

朔

《漢字源流彙編》

字體	出處	字形
甲骨文		
金文	集成2701（公朱左自鼎）	
戰國文字	包2・63、睡・日乙53	 
篆文	說文	
隸書	孔龢碑	
楷書	教育部標準楷書	朔

金文始出現「朔」字，寫作從月、屰聲。戰國文字、篆文、楷書都繼承金文的寫法。隸書「朔」則將左偏旁「屰」線條平直化改作「𢆉」。在六書中屬於形聲。

本義指月球運行到地球和太陽之間，地球上看不到月光的農曆每月初一，如「朔日」、「朔月」、「朔望」。引申有開始、最初的意思，如「朝菌不知晦朔」、「皆從其朔」。引申為天子頒布的政令、曆法，如「朔政」、「告朔」。假借為北方，如「朔風」、「朔雪」、「朔漠」。假借作漢代郡名，如「朔方（今綏遠省河套附近）」。假借為姓。

望

《漢字源流彙編》

甲骨文

合集 7220

金文

集成 5415（保卣）、集成 9454（士上盉）、集成 2814（無叀鼎）

戰國文字

睡・日乙 118、郭・語 2・33

篆文

說文

隸書

柳敏碑、華山廟碑

楷書

教育部標準楷書

望

「望」字甲骨文作人站在土堆上，眼睛直立（即「臣」字）眺看遠方的樣子。金文又增加「月」旁，表示遠眺的對象是月亮。戰國文字、隸書中還保留從「臣」的古體寫法。在六書中屬於異文會意。有的金文將「臣」旁改成「亡」聲來表示音讀。「人」旁與「土」旁結合成「壬」字，「亡」、「月」、「壬」三個偏旁組合起來即是「望」字。此寫法從金文到楷書皆一脈相傳。在六書中屬於形聲。

本義為向遠處或高處看，如「望遠鏡」、「望穿秋水」、「望塵莫及」。引申有慰問、拜訪的意思，如「看望」、「拜望」、「探望」。引申為期待、希望的意思，如「盼望」、「大失所望」、「望梅止渴」。引申有好的聲名，如「聲望」、「名望」。引申為農曆每月十五日所看見的滿月月相，如「望月」、「望日」。又引申為將近、接近，如「坐二望一」。引申為怨恨、不滿，如「怨望」。假借為姓。

朔的本義，是月球來到地球和太陽之間的時候，這個時候呢，地球上看不到月光，也就是農曆每個月初一。像是「朔日」、「朔望」。

朔也可以指北方，像是「朔風凜冽」。

撲朔迷離

花木蘭的故事大家是耳熟能詳的，最早可以在古樂府〈木蘭詩〉裡看到。朝廷下了徵召令，要召她的父親上戰場。父親年事已高，孝順的木蘭就決定自己女扮男裝，代父從軍。凱旋歸來，脫下軍裝，換回女兒裝與同袍見面，大家都驚訝得不得了，「同行十二年，不知木蘭是女郎」！

〈木蘭詩〉以兔子來比喻「雄兔腳撲朔，雌兔眼迷離，兩兔傍地走，安能辨我是雄雌？」。兩隻兔子一起奔跑時，是很難分辨雌雄的。「撲朔迷離」這句成語，形容事情錯綜複雜，很難辨明真相。也用來形容景色迷濛。

朔，也就是我們現在說的新月，月亮夾在太陽和地球中間，沒有被太陽照亮的陰暗面幾乎完全朝向地球，所以僅僅用肉眼很難看到月亮。同時，在這一天，如果地球、月亮和太陽剛好連成一條線，就有可能可以見到日蝕，因為太陽被月亮給擋住了。

望，是看向遠處、高處的意思，像是「遠望」、「望其項背」。

引申成拜訪，探問，像是「探望病人」。

也是希望、期盼，如「絕望」、「沒指望」、「不負眾望」、「大失所望」。

望也指好的名聲，例如「聲望」、「名望」。

或者農曆每個月的十五日和滿月，像是「望日」、「望月」。

得隴望蜀

漢朝的劉秀起兵反抗王莽，有一次打仗打到一半，他因為有其他的事情需要先回洛陽，就在臨行前留了一封信給大將軍，交代他等攻下了西城，就可以直接南下攻打西蜀，信中感嘆說道：「人總是不能知足啊！攻下隴西，又要進軍西蜀。」「得隴望蜀」就從這兒來，後來變成貶義，比喻貪得無厭。

望穿秋水

元代《西廂記》，說的是張君瑞與崔鶯鶯的愛情故事。張君瑞煩惱，不知道怎麼穿過院門深鎖的花園。紅娘鼓勵他不要害怕，以免讓鶯鶯「望穿秋水」。「秋水」指的是眼睛，把眼睛都盼望給望穿了。這句成語呢，就用來形容殷切盼望。

大喜過望

秦朝末年，英布原本跟著項羽打天下，還被封為九江王，後來被劉邦收攏了，投效劉邦。英布起先感覺自己不受重視，但是等回到劉邦賜給他的住所後，看到無論傢俱、食物或者侍從，規模都跟劉邦本人的一樣，英布因此「大喜過望」。看到這麼多的賞賜，與原本的預期不同，特別高興。「大喜過望」，就用來形容因結果超過了原本的預期，而特別高興。

古代傳說人死了以後，「一天不吃人間飯，兩天就過陰陽界，三天到達望鄉臺，望見親人哭哀哀」。相傳人死了以後變成鬼魂，因為捨不得親人，不肯到陰曹地府去，每天在山頂上哭，閻羅王知道之後，就修了一座望鄉臺，讓鬼魂們登上去，望一眼故鄉，看看親人現在過得如何，大哭一聲，就可以死心塌地前往陰曹地府了。這就是望鄉臺的由來。

朝

《漢字源流彙編》

甲骨文
合集 23148、合集 33130

金文
集成 2655（先獸鼎）、集成 4465（善夫克盨）、集成 11182（朝歌右庫戈）

戰國文字
包 2・145、帛甲 8・6、馬・問・095

篆文
說文

隸書
北海相景君銘、楊統碑、鄭季宣碑陰

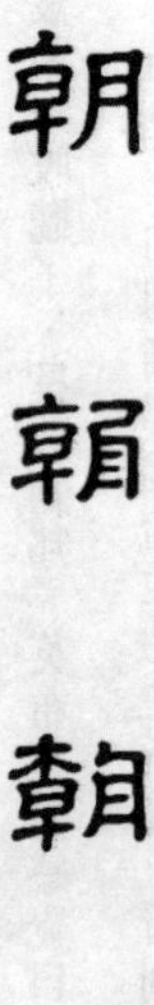

楷書
教育部標準楷書

朝

「朝」字從甲骨文到楷書都有，變化較大。甲骨文寫作從日、從月、從二屮或四屮。表示清早的時候，太陽從草叢中升上來而殘月還掛在天空的景象。到了金文，因「朝」字常被借為潮汐的「潮」，因此「月」旁就改變成水流或潮汐的「」形（「潮」的初文）。戰國文字繼承金文的寫法，但右旁又改成與「舟」接近。到了篆文就變成從「舟」，《說文》解釋為「旦也。从倝、舟聲」。有的隸書又回到甲骨文從「月」的寫法。楷書平直化寫成「朝」字。在六書中屬於異文會意。

音讀ㄓㄠ（zhāo），本義是早上，如「朝會」、「朝霞」、「朝令夕改」。引申為「天」或「日」的概念，如「今朝」、「有朝一日」。引申為有生氣的，如「朝氣蓬勃」。假借為姓。

另音ㄔㄠˊ（cháo），因早上太陽固定從東方升起，故引申為面向、對著，如「朝向」、「朝東」、「坐南朝北」。引申為面見國君或參拜神聖，如「朝貢」、「朝拜」、「朝聖」。引申為面見或參拜的地方，如「上朝」、「朝廷」、「退朝」。引申為君主帝王統治的時期，如「宋朝」、「乾隆朝」、「三朝元老」。假借為姓。

夕

《漢字源流彙編》

字體	出處	字形
甲骨文	合集 24276	
金文	集成 2837（大盂鼎）	
戰國文字	秦 99·1、天卜	 
篆文	說文	
隸書	婁壽碑	
楷書	教育部標準楷書	夕

甲骨文月、夕二字同形，須藉文義判讀之。及至後也，表月亮之意，示傍晚之義，漸次分明。因此，月於六書屬象形，夕亦屬象形。或以文義區別，以月屬象形，夕屬省體象形，似非適宜。金文之，承自甲文，顯而易見。繼由戰國文字一直到楷書之夕，其形也都大同小異，當可明其承襲。以上諸形，都據具體的實象造字。在六書中屬於象形。

本義原是月亮，後分化為朝夕之夕。因此，文獻也都以傍晚為本義，實出於詞義的轉變。如「朝聞道，夕可死矣（《論語．里仁》）」。其他如「夕火」、「夕陽」、「夕市」、「夕雨」、「夕景」，也都以傍晚之義構詞。假借為末，如「月夕卜宅（《荀子．禮論》）」。也假借為姓。大陸音讀ㄒㄧ（xī）。

朝（ㄓㄠ），是指早晨，好比說是「朝露」、「朝會」、「朝思暮想」。

也可以指一天、或者一日，像是「有朝一日」，「今朝有酒今朝醉」。

朝這個字也讀作ㄔㄠˊ，在古代拜見天子、諸侯的意思，像是「朝貢」、「朝見」。

或者指參拜神明、聖地，像是「朝聖」。

還有朝代的意思，如「商朝」、「三朝元老」。另外，也可以指「朝廷」。

夕，是傍晚，黃昏的意思，像是「夕照」、「夕陽」。也是晚上，像是「朝令夕改」。

朝令夕改

漢文帝在位的時候，農民跟商人貧富懸殊，農民辛辛苦苦耕地，才得到一點糧食，可是政府徵收糧食的時間跟標準卻變來變去，常常早上的規定，到了晚上又變了。「朝令夕改」這句成語，就從這裡而來，用來比喻政令、主張或意見反覆無常。

農民因為急於應付政府納稅，有存糧的人被迫半價賣出糧食，沒有存糧的人，只能借高利貸，然後賣田賣房，甚至賣兒子來還債。反觀商人，卻常常趁著客人需求很急的時候，把囤積的貨賣掉，藉此賺取暴利。這種情形嚴重影響到農業生產，西漢有名的政治家鼂錯，就向漢文帝上書，說農業是立國的根本，朝廷應該抬高糧食的價值，鼓勵人民耕種，並且讓有錢的商人捐糧買爵。一旦國家有了充足的存糧，賦稅就可以減輕，人民也能安居樂業。

一朝一夕

「一朝一夕」這個成語是用來形容時間短暫。在《易經》裡面說：「常常累積善行的人家，一定會有多出來的好事發生，如果是累積惡行，就會有災厄發生。為人臣子殺死君王，兒子殺死父親，絕對不是一朝一夕的偶發狀況，而是逐漸累積的結果。」《易經》還說：「履霜，堅冰至」，意思就是，當你踩在鬆散的霜上，就可知道寒冷的冬天會帶來堅硬的冰，這是順序而來的必然結果。「一朝一夕」就被用來形容時間短暫。《紅樓夢》裡也說：「人病到這個地位，非一朝一夕的症候，吃了這藥，也要看醫緣了。」

朝聖，是很多宗教都有的一種活動，人們在朝聖過程中找到一種認同和靈性的意義。伊斯蘭教尤其重視朝聖，所有穆斯林，有能力的時候，一生一定要去麥加朝聖一次。日本則有一種朝聖，按照一定的順序，去參拜神社或寺院，被稱作「巡禮」。最著名的「巡禮」，是到四國島上的八十八座寺廟做參拜。在四國，人們對巡禮者普遍很友善，有的時候，還會送給巡禮者食物和水，這種樂意盡一己之力，幫助巡禮者平安完成旅行，則是當地因為遍及巡禮者，而產生的一種文化。

《源氏物語》是世界上最早的長篇寫實小說，是日本古代文學的高峰。其中有個角色，就叫做夕顏，有一次光源氏探望生病的奶媽，偶然看到天真無邪又清秀的夕顏，一見鍾情，兩個人就經常私會來往，可是夕顏從來不透露自己的身份。後來一個生靈的鬼魂，殺死了夕顏，夕顏當時才十九歲。光源氏因此悲傷到生病，很長時間都不能出門。

旦

《漢字源流彙編》	甲骨文	金文	戰國文字	篆文	隸書	楷書
	合集20898	集成2829（頌鼎）	包2·88	說文	校官碑	教育部標準楷書

旦，從日，下像太陽的日影。在六書中屬於合體象形。或以為從丁聲。西周中期金文旦字化點為橫畫。篆文理解為日出於地平線上，稍誤。《說文》：「明也。从日見一上。一，地也。」

旦，甲文已用為時間詞，與「明」、「朝」用法相當，指早上日出，即今六時左右的一段時間。後泛指天剛亮、早晨的時候，如「平旦」、「旦夕」、「通宵達旦」、「枕戈待旦」。字又作為一天的全稱，如「天旦」、「一旦」。字有由西域外來音譯舞者借為戲曲中的女角用法，如「旦角」、「刀馬旦」、「花旦」。假借為姓。

旦，是個象形字，下面一橫，原本指的是太陽的陰影，後來有人把它解釋成地平線，其實是有點誤會的。旦，是早上日出的時候，就是大概現在六點左右。也指天剛剛亮、早晨的時間，像是「人有旦夕禍福」、「通宵達旦」。

也可以指某一天，像是「元旦」、「一旦」。

在專業用語當中呢，旦指的則是戲曲中的女角。如「苦旦」、「刀馬旦」、「當家花旦」、「生、旦、淨、末、丑」。

枕戈待旦

祖逖和劉琨，是晉朝時候有名的英雄豪傑，他們因為意氣相投而成為好朋友，常常半夜聽到雞鳴聲就起來練劍，他們心中都有一個抱負，想在國家動盪的時候，以身報效國家。祖逖當太守時，國都被匈奴人占領，他率領百姓南遷，安頓好之後呢，隨即跟司馬睿，也就是後來的晉元帝，表明他想要復興中原的志向，因此被任命為豫州刺史。他自己招募兵馬北伐，發誓說：「如果不能光復中原，我就要像流逝的江水一樣，一去不回。」果真，他帶兵好幾次打退了敵人，光復了黃河以南。他的好朋友劉琨，知道他被任用之後呢，在寫給親友的信上說：「我每天都不敢熟睡，枕著武器等到天亮，就是立志要消滅胡人，常常怕祖逖比我早一步馳騁沙場。」後來「枕戈待旦」就被用來形容殺敵報國心切，隨時都準備好作戰。也用來形容人全神戒備，不敢鬆懈。

通宵達旦

魏晉南北朝是中國史上政治局勢非常混亂的時期。晉朝分裂成南北朝以後，北朝又分裂成東魏和西魏。

分裂的原因呢，就源於高歡。他是一個崇尚鮮卑文化的漢人，在北魏孝武帝的時候擔任大丞相，獨攬大權。北魏的孝武帝因為不甘心被控制，逃了出來，投奔將軍宇文泰。高歡因此就立了一個新皇帝，史稱東魏。再說孝武帝逃到宇文泰那裡之後呢，宇文泰竟然殺了孝武帝，另外又立了一個君王，史稱西魏。原本統一的北方，從此分裂成東魏、西魏。

東魏的高歡死後，大權落在他兒子高洋手上。高洋廢了原本的皇帝，自己稱帝，改國號為齊，史稱北齊。高洋，就是文宣帝，年輕的時候氣度恢宏，性情果斷。在位初期留心國事，勵精圖治，對外用兵也連連征戰勝利，威名遠播。然而到了後期，卻驕傲自大起來，導致生活放縱淫亂，每天飲酒作樂，從早上到晚上，再從半夜到天亮。有的時候甚至做出不合國君身分的動作，不但穿著胡服，還披頭散髮，生活非常奢靡。他不再留心治理國事，又勞師動眾營造宮室，修建長城，人民負擔沉重，政治混亂。

「通宵達旦」，就用來指一整夜到了天亮。

生旦淨末丑，神仙老虎狗，龍套上下手，什麼我都有。旦，指的是中國戲曲的角色行當，是女性角色的統稱，又細分出老旦、青衣、花旦、刀馬旦……總而言之，都是女性的角色，稱之為「旦」。

夜

《漢字源流彙編》

甲骨文	金文	戰國文字	篆文	隸書	楷書
H11:56	集成 5433（效卣）	曾 67	說文	桐柏廟碑、史晨奏銘	教育部標準楷書

從甲骨文到篆文之形，都從夕、聲。夕，像月亮之形，表夜晚之義，屬象形。，以大為形，其義為「人」，二點置於手臂之下，以示為腋下的部位，隸定作「亦」，甚失其形，屬合體指事，在此只作「夜」字的音讀，並不示義。字經隸書，體變作、，頗失其形，楷書沿之以定體，也就不易瞭解其原形了。以上諸形，都從夕為形，以亦為聲。在六書中屬於形聲。

本義是黃昏。引申為深夜、夜半，如「夜不閉戶」。引申為暗，如「是故索物於夜室者，莫良於火（漢．王符《潛夫論．讚學》）」。引申為寢，如「夜衣」、「夜席」。引申為遲，如「夜寐早起」。引申為晚，如「夜飯」。假借為姓。

晚

《漢字源流彙編》

甲骨文	金文	戰國文字	篆文 說文	隸書 北海相景君銘	楷書 教育部標準楷書
				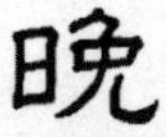	

此字始見於篆文，從日、免聲，在六書中屬於形聲。《說文》：「晚，莫（暮）也。从日、免聲。」段注：「莫者，日且冥也。引伸為凡後之偁。」隸、楷字形均承篆文而來。

晚，指黃昏到午夜間的一段時間，如「晚餐」、「晚會」、「昨晚」、「當晚」。泛指階段、時期接近末尾的，如「晚年」、「晚期」、「晚春」。有指輩分低的、後來的、對長輩的自稱，如「晚輩」、「晚生」。有指繼任的，如「晚娘」。假借為姓。

夜，指的是日落之後到天亮之間的一段時間，跟「晝」、「日」相對。好比說「夜晚」、「晝長夜短」。

夜也可以當作量詞，計算晚上的時段，像是「三天兩夜」、「每日每夜」。

夜郎自大

西漢的時候，西南邊境有兩個小國家，一個叫滇，一個叫夜郎，這兩個國家都和漢朝的一個郡差不多大，可是兩國的國王都以為自己是天下第一大國。有一次漢朝使臣去訪問這兩個國家，夜郎侯竟然問來使：「漢朝和我國相比，到底哪一個大呢？」「夜郎自大」，就比喻人見識短淺，狂妄自大。

夜以繼日

孟子在說明為君之道的時候，以上古聖王治國愛民的德政來舉證。其中就說到，周公想要兼備美德，實施賢王德政。當他覺得自己的行為有跟聖人不相符的地方，就抬起頭來思考，如果白天想不出來，晚上繼續想，想通了，會高興地坐著等到天亮，天一亮，立刻施行。「夜以繼日」就出於這裡，被用來形容日夜不停，用夜晚的時間，繼續做白天沒做完的工作。

夜長夢多

宋代有個叫做王令的詩人，他一生貧困，寫的詩深刻反映了民間疾苦，也表現出自己想要救人民脫於苦難的心情。有一次他客居他鄉，寫了一首詩，心境悲涼。其中就有一句是「夜長夢反覆」。說的是在漫漫長夜之中，反覆做著夢，不能安穩地睡到天亮。感慨自己年紀大了，卻還是一事無成，煩惱憂愁與日俱增。在廣大的天地裡，哪裡有容身之處呢？「夜長夢多」後來成為一句成語，意思就變成了時間拖久了，事情容易產生不利的變化。

夙興夜寐

《詩經》裡頭，有一首詩〈氓〉，寫的是一個怨婦的心情，她跟丈夫結婚之後，當了三年的媳婦，每天為了家事操勞，甚至都沒時間在房間裡休息。她早起晚睡，每天都在工作，丈夫卻對他越來越壞，到了現在，也就剩下幽怨而已，只能悔恨自己遇人不淑。詩裡就用「夙興夜寐」來說這個媳婦早起晚睡地在工作，後來變成了成語，用來形容整天的辛勞。

晚，則是指黃昏到午夜之前的一段時間，像是「晚餐」、「晚會」、「晚點名」。

也是遲到、超過規定或適合的時間的意思，例如「晚起」、「晚到」、「相見恨晚」。

晚也可以指階段、接近末尾的時期，好比說「晚年」、「晚期」、「晚世」、「晚春」。

晚也有輩份低、後來者的意思，如「晚輩」、「晚生」。另外，也是繼任的意思，像「晚娘」。

大器晚成

「大器晚成」的典故出自《老子》，他提到「道」的境界不容易掌握也不容易實踐，為了解釋「道」，老子用了很多的方法來比喻。他說道就像最圓融的空間，根本不是身為人可以去衡量的；也像是最貴重的器物，需要長時間製作，所以修道的人需要花很多的時間去修練；它還像是天籟，不能用語言跟樂器表現；而且道沒有形體，沒有辦法被人察覺。「大器晚成」，就比喻卓越的人才，往往成就得比較晚。

明

《漢字源流彙編》

甲骨文
合集19607．合集21037

金文
集成161（驫羌鐘）、集成9901（夨令方彝）

戰國文字
帛乙9．16睡．日乙206

篆文
說文、說文古文

隸書
魯峻碑、夏承碑

楷書
教育部標準楷書

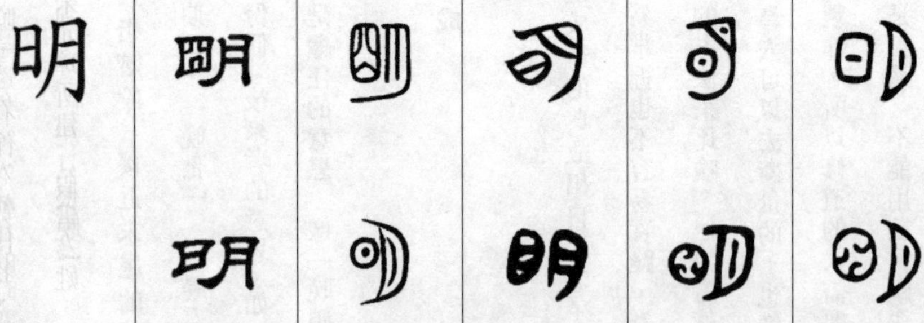

甲骨文字從日月，示日月並出，在六書中屬於異文會意。有明亮、日晝的意思。字另有從囧、從月，取月光射入窗內意，囧亦聲。金文分別從日和從囧，字形承接甲文而來，二者並存。戰國文字明字從日有訛作目。篆文字仍從囧，《說文》古文則從日。隸書字形亦有分從囧和從日。字至楷書則固定從日。《說文》：「明，照也。」

明由日月並出或月光照進窗內，都呈現光亮意，如「明亮」、「明月」、「照明」、「月明星稀」。字有指天亮、早上的一段時間，如「黎明」、「天明」。引申為乾淨、清潔，如「窗明几淨」。又引申為人事的光明、聰慧，如「棄暗投明」、「明人不做暗事」、「英明」、「聰明」。復引申為人的視力，如「耳聰目明」、「失明」。有擴大語意指神靈，如「神明」。亦泛指對事情的公開、了解，如「明朗」、「講明」、「明白」、「明瞭」。有作為朝代名，如「明朝」（1368至1644年），朱元璋所建。假借為姓。

明，是亮的意思，與「暗」相對，像是「月亮」、「明亮」、「照明」、「月明星稀」。有天亮的意思，像是「黎明」、「一覺到天明」。有清楚、明白的意思，像是「明朗」、「明確」、「明顯」、「下落不明」。可以表示公開，像是「明講」、「明爭暗鬥」。或者了解、懂得，例如「明白」、「明瞭」、「深明大義」、「明禮知恥」。明還有光明磊落的意思，如「棄暗投明」、「明人不做暗事」。也可以指聰慧、睿智，像是「聰明」、「英明」、「明君」。

開宗明義

《孝經》是儒家講述孝道的經典，第一章，題名叫做「開宗明義」。宋代學士對這四個字做了詳細的解釋，他說「開，張也。宗，本也。明，顯也。義，理也」，也就是說這一章是用來表明全書的宗旨，闡述孝道的本義。所以「開宗明義」就被沿用為一句成語，除了用來表示一本書的宗旨義理外，也用來指說話或寫文章一開始就要講明主旨綱要。

明知故犯

明明知道是錯的，還故意去做，就叫明知故犯。例如國家頒布了法令，人人都應該遵守，如果有些人因為不知法而犯法，這是無心之過，還可原諒；可是如果是明知道法令這樣規定，還故意觸犯，就是「明知故犯」。宋代的一本筆記小說裡，就寫到了：「若知而故犯，王法不可免也。」意思是說，如果是已經知道不對了，還去犯錯，那就要接受法律制裁。

明珠暗投

漢代鄒陽曾經給梁孝王寫了一封信，他說：「如果在黑暗中，有人將珍貴的珠寶、白玉丟到路人眼前，突然看到這麼珍貴的東西，一時之間誰也不敢去撿，反而按劍不動，全神戒備，隨時準備攻擊。他們會這樣，不是因為珠寶不好，是因為事情發生得太突然了。」鄒陽寫的這段話，其實就是以明珠比喻自己，說自己懷才不遇，不但得不到君王的賞識，還被別人的讒言陷害。「明珠暗投」就從這裡演變而出，就比喻懷才不遇，才能很高卻屈居下位。

涇渭分明

「涇以渭濁，湜湜其沚。」這是《詩經》的其中一句，涇水是渭水的支流，這句詩的意思是說，涇水和渭水，各有清濁，在涇水流入渭水的時候呢，仍然清濁有別，不會混合在一起，界限分明。在唐代《初學記》裡也說，涇水流出山以後，與渭水合流三百里，仍然清濁不相雜。後來「涇渭分明」就從《詩經》演變而出，用來比喻彼此的區別是非常清楚的。

明代理學發達，代表人物有王陽明、陸九淵，從心肯定人的良知和道德的自發性。明朝，可以因此稱為「明白」的朝代。明朝是中國小說史上的輝煌年代，因為印刷術進步，出版業非常發達，《西遊記》、《水滸傳》、《三國演義》，都是在明朝完成出版的。明朝印書的小字字體，就是「細明體」，我們使用電腦輸入中文的人，每天都要用到。

天

《漢字源流彙編》

甲骨文
合集 19050、合集 22454

金文
集成 2836（大克鼎）、集成 9729（洹子孟姜壺）、集成 4976（天父辛卣）

戰國文字
帛甲 5·18、包 2·215、郭·語 1·68

篆文
說文

隸書
北海相景君銘、無極山碑

楷書
教育部標準楷書

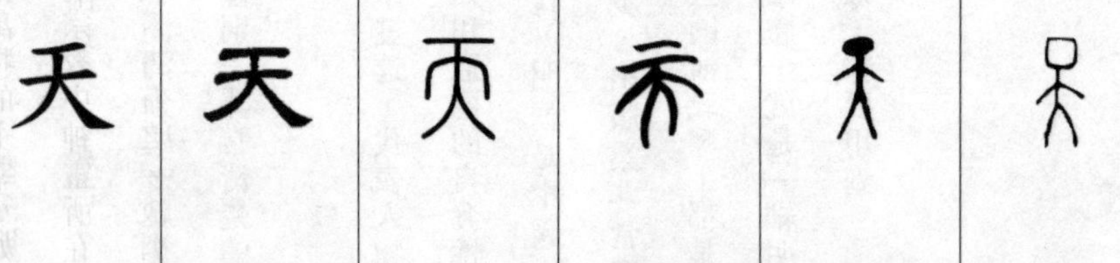

甲骨文從大，「大」即人，而以「口」、「二」表示人頭頂之上的地方，是虛構的指示符號。金文與甲文構形同意。戰國文字於「大」上則皆作二橫筆，其中作「」者，則與隸書、楷書同形。篆文則將大上二橫畫作一筆，然構字之意並無不同。隸書中或有作「兲」者，歷來字書皆以為是「天」的古文，金文「天」字另有作「」者，將其圓筆拉長為橫畫，或許即「兲」字之所本。在六書中屬於合體指事。

本義為天空，如「天邊」、「滿天星辰」。引申為位置在頂部的、凌空架設的，如「天線」、「天橋」。引申為一晝夜的時間，如「今天」、「明天」。引申為一天中的某個時段，如「五更天」、「下半天」。也引申為季節、時節，如「春天」、「黃梅天」。又引申為氣候，如「晴天」、「冰天雪地」。由天空也引申為自然或自然的，如「人定勝天」、「天才」。引申比喻宇宙萬物的主宰，如「天命」、「富貴在天」。也引申比喻宗教中神靈所在的地方，如「天門」、「升天」。因天自古有之，故引申為根本的，不可或缺的，如「民以食為天」。因天無範圍界限，故引申為很大的、極大的，如「天價」、「天文數字」。又引申為很、非常，如「天大的喜事」、「天大的新聞」。由時間而引申為計算時間的單位，如「過了三天」、「七天完成」。假借為姓。

天，可以指天空，跟「地」是相對的。像是「天際」、「天降甘霖」、「天昏地暗」。

也可以指宇宙萬物的主宰，如「天命」、「天帝」、「天賜機緣」。

天是自然、天然的意思，像「天籟」、「巧奪天工」、「天性如此」、「渾然天成」。

或是氣象狀態，如「晴天」、「雨天」、「變天了」、「颱風天」。

在古代，天可以用來指君王，像「天恩」、「天威浩蕩」。

天還可以指數量極大，像是「天價」、「天量」。

天的成語有【人定勝天】、【不共戴天】、【天作之合】。

人定勝天

戰國時代呢，編集古代文獻，寫成了《逸周書》，記載上古時期到周朝的一些傳說事蹟。裡面寫到周文王即位第九年，春天的時候，對後來的周武王所說的一段話。他期勉周武王成為一個愛民的國君，並且說治理國家應該順應四時，在合宜的季節耕種、打獵、砍樹，打獵的時候，不殺懷孕和幼小的動物，讓土地有足夠的時間休養生息。這才是保持國力強盛不衰的方法。其中還提到：「兵強勝人，人強勝天」，意思是說，強大的兵力可以勝過人力，人力又可以戰勝天命、克服自然阻礙。後來「人定勝天」這句成語就從這裡演變而出，形容人的智慧和力量，可以克服自然阻礙，改造環境。

不共戴天

《禮記》當中有一段話說：「對待殺害父親的仇人，不應該和他一起活在同一個世界上；如果走在路上，遇到害死兄弟的仇人，不用等到回家拿了兵器，馬上就應該直接上前報復；那麼殺害朋友的仇人呢，我不要跟他同一個國家。」傳統的儒家是很講究禮的。在禮的觀念中，對父母要盡孝，對兄弟要友愛，對朋友要有義，這是為人的根本道理。所以一個人是非觀念要分明，要「以直報怨」。父母既然是我們在世界上最親的人，如果遇到殺父仇人，哪有輕饒的道理？當然是想盡辦法也要報仇，否則為人子女就是不孝，就是不合禮了。這正是為何《禮記》說：「父之讎，弗與共戴天」的理由了。所以「不共戴天」原本是古代儒家，藉由為父親報仇這件事情的觀念，來宣揚對父母盡孝的重要，後來演變成一句成語，比喻對人仇恨非常深，到了不和對方頂著同一個天的地步了。

天作之合

〈大明〉是《詩經》裡面的一篇歌謠，在讚美周文王的美德，同時也講了周文王與武王的身世。裡頭先談到文王父母的婚姻，再說文王與妻子大姒的結合。文王年輕的時候呢，與住在渭水旁的大姒結了婚。大姒是個賢淑的女子，文王也很賢德，這樣的婚姻就像是天上美意的撮合。他們結婚之後呢，大姒生下周武王，也受到上天庇佑，出兵討伐商紂，打下周朝的天下。後來，「天作之合」就被用來指天意所撮合的婚姻，通常被拿來作新婚的賀詞。

在中華文化信仰當中，天是非常重要的信仰核心，除了是大自然、宇宙的天外，還有神格化、人格化的概念，指的是最高之神，「上天」、「皇天」、「老天爺」，都是對天的神格化。

空

《漢字源流彙編》

甲骨文

金文

集成2608（十一年庫嗇夫鼎）

戰國文字

睡·雜40

篆文

說文

隸書

北海相景君銘

楷書

教育部標準楷書

金文字形從穴、工聲。從穴，指像土穴的孔竅；工聲，表示音讀。從戰國文字到楷書皆承金文字形而來。在六書中屬於形聲。

本義是孔竅、洞穴，音ㄎㄨㄥˇ（kǒng），如《莊子．秋水》「不似礨空之在大澤乎」。由孔竅引申為裡面沒有東西、空虛，音讀ㄎㄨㄥ（kōng），如「赤手空拳」、「囊空如洗」、「空腹」。引申為表抽象概念的內容空洞、不切實際，如「空言無補」、「空論」、「空名」。再引申為佛教指一切事物因緣而生，並無實體的概念，如「空門」、「悟空入道」、「四大皆空」。由空虛引申為天空、空中，如「航空」、「皓月當空」、「晴空萬里」。由空虛引申為白白地、沒有效果地，如「空歡喜」、「空有一身功夫」、「空忙」。由空虛引申為沒有，如「人財兩空」、「空前絕後」、「目空一切」。假借為姓（大陸特有）。

另音ㄎㄨㄥˋ（kòng），由空虛引申為短少、缺乏，如「空乏」、「虧空」。引申為空間的空間或時間，如「有空」、「抽空」、「撥空」。引申為空著的、沒有利用的或使用的，如「空位」、「空房間」、「空白」。

空（ㄎㄨㄥ），是沒有東西的意思，像是「空腹」、「空虛」、「囊空如洗」、「兩手空空」。

也是內容空洞的意思，像是「空言無補」、「空泛」、「空談」、「空想」。

也是天空的意思，如「航空」、「皓月當空」、「對空發射」。

空也用來指沒有，如「空前絕後」、「目空一切」、「人財兩空」。

或者沒有效果、白白地，像「空忙」、「空歡喜」、「空有一身武藝」。

空還有另外一個讀音，讀作四聲ㄎㄨㄥˋ。某個空間、時段騰出來的意思，像「把那個櫃子空出來」、「在睡前空出時間來讀書」。

或者指沒有利用或使用的，像「空位」、「空餘」、「空白」。

空的成語，有【海闊天空】、【司空見慣】、【目空一切】。

海闊天空

魏晉南北朝的時候，戰事頻繁，人民生活朝不保夕，當時玄學因此非常盛行，崇尚出世無為的道家思想，和神仙方術之說。在詩壇上是盛行遊仙詩，很多知名文人都曾經寫過，曹植、阮籍、郭璞等等。這些遊仙詩逃避現實，崇尚神仙，或藉著神仙之說，抒發自己不得志的鬱悶，對於神仙的住處和生活方式，都描寫得鮮活生動。在庾信的其中一首遊仙詩裡，就用「海闊」來形容海上的仙山，用「天高」描寫仙人住的地方，景象遼闊，也象徵了神仙生活的自由自在、毫無拘束。「海闊天空」這句成語就這裡演變而出，比喻心胸開闊、心情開朗，或形容無拘無束的樣子。

司空見慣

「司空見慣」這句成語呢，與唐代大詩人劉禹錫有關。劉禹錫和柳宗元是多年好友，兩人都因為宰相王叔文的牽連被貶官。之後，劉禹錫的仕途非常不順遂，屢經波折，好不容易才回到朝中當官。「司空見慣」的故事，大概就發生在這個時候。當時京城有個人叫李紳，曾經擔任過司空，也喜歡詩歌，因為久仰劉禹錫的才名，就特別在自家擺設盛宴款待他。席中，還安排年輕貌美的歌妓表演。劉禹錫看到李紳隨手一擺，就是這麼盛大的場面，想必早已見慣了，不禁因為感慨自己坎坷的遭遇，悲從中來。後來從這段故事摘出「司空見慣」這句成語，比喻經常看到，不足為奇的意思。

目空一切

南宋的詩人陳亮，曾經寫了一篇文章，裡頭就提到四個和他相熟的讀書人，並對他們一一品評。一個文章簡潔雅緻，越讀越有新意；一個「目空四海」，自視甚高，什麼都不放在眼裡，但是對其他豪傑還是能降低自己的身分，以禮相待，所以讀書人也很樂意親近他。他的文章壯闊精緻，充分表現了自己的意見；另外兩個人的文章，一個花樣多，一個活潑，怎麼看也看不膩。後來「目空一切」這句成語呢，就從「目空四海」這兒演變而出，說人高傲自大，什麼都不放在眼裡。

空，是佛教的一個重要概念，佛教認為世間一切事物都是因緣聚合而成，並不會永久長存，於是就有了「緣起性空」的說法。事物的本性是空的，沒有實體和永恆的意義。《心經》說：「空即是色，色即是空」，就是這個意思。

氣

《漢字源流彙編》

甲骨文	金文	戰國文字	篆文	隸書	楷書
前 7.36.2	集成 4261（天亡𣪘）、集成 9729（洹子孟姜壺）、集成 9729（洹子孟姜壺）	睡·法 115	說文、說文或體、說文或體	華山廟碑	教育部標準楷書

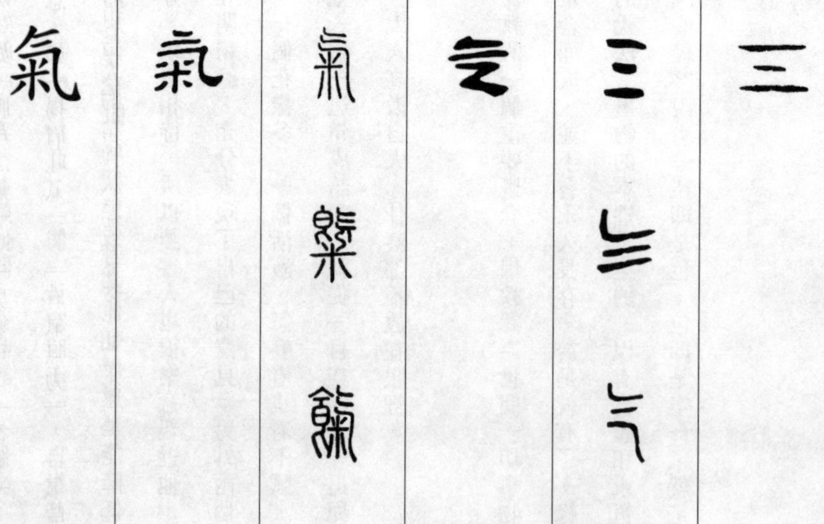

「氣」與「气」本為二字，因假借與字形簡化關係而誤合為一字。气字甲骨文字形作三，像雲氣層疊流動之形。金文以「气」字容易與上下文誤合為一字，而且三橫畫的構形也容易與數目之三相混，因而上橫畫曲筆向上作「三」。因表義的區別功能不佳，所以下橫畫也曲筆向下作「气」。其後「气」字假借為「乞求」之意，才假借「氣」字為雲气之用。氣字從米、气聲，本義是餽贈給客人的米糧，假借為雲氣之用，另轉注為從食、氣聲的「餼」字。在六書中屬於形聲。

本義是餽贈給客人的米糧。假借為雲氣，如《漢書·卷二十六·天文志》「迅雷風祅，怪雲變氣」、「天高氣爽」。引申為空氣，如「大氣層」、「氣流」、「氣壓」。再引申為氣體的統稱，「氣體」、「空氣」、「毒氣」。由空氣引申指陰晴冷暖等自然現象，如「節氣」、「寒氣逼人」、「秋高氣爽」。因氣體的流動，引申為氣味，如「腥羶之氣」、「臭氣」、「香氣」。引申為氣息，如「揚眉吐氣」、「有氣無力」、「氣喘吁吁」。引申指人的精神狀態或氣勢，如「豪氣」、「一鼓作氣」、「氣壯山河」、「志氣」、「氣魄」。再引申指人的作風、習氣、情緒，如「書卷氣」、「驕氣」。再引申為惱怒、使惱怒，如「氣憤」、「氣紅了臉」、「氣壞了」。再引申為惱怒的情緒，「慪氣」、「怒氣」、「平心靜氣」。用為中醫名詞：（1）指人體內運行變化的能量，如「元氣大傷」、「血氣」、「補氣固表」。（2）指某種病象，如「溼氣」、「肝氣」、「疝氣」。假借為姓（大陸特有）。

氣，是氣體的統稱，像是「氧氣」、「煤氣」、「毒氣」。通常特指空氣，像是「氣壓」、「氣流」、「大氣層」。也指陰晴冷暖等自然現象，像是「氣象」、「節氣」、「秋高氣爽」。

氣有氣息的意思，如「有氣無力」、「氣喘吁吁」。或者是氣味，如「香氣」、「臭氣」。

也可以指人的精神狀態或者氣勢，例如「志氣」、「一鼓作氣」、「氣壯山河」。

氣也有惱怒的意思，比如「氣憤」、「消氣」、「三氣周瑜」。

另外，氣還能拿來指人的行為作風、習氣等等，像「書生氣」、「孩子氣」、「傲氣」。

一氣呵成

明朝的胡應麟，寫了一本書來評論自古以來的古體詩跟近體詩，評遍了歷代作者的優劣。好比說杜甫的〈登高〉：

「風急天高猿嘯哀，渚清沙白鳥飛迴。
無邊落木蕭蕭下，不盡長江袞袞來。
萬里悲秋常作客，百年多病獨登臺。
艱難苦恨繁霜鬢，潦倒新停濁酒杯。」

胡應麟說，這首詩不但每一個句子都合於格律，甚至每一個字都不偏不倚，恰到好處，可是全詩又首尾貫通，自然流暢，感覺不到人為對句的痕跡。像這樣的用字跟造句，只有杜甫一個人辦得到，前無古人後無來者。胡應麟就說了，這是「一意貫串，一氣呵成」的詩作，像是一口氣寫完。「一氣呵成」就用來比喻文章流暢，首尾貫通；也被引申來比喻事情進行得順暢緊湊。

心平氣和

晏子，是春秋時候的齊國宰相。有一次，齊王遊獵回來，跟大臣梁丘據等人飲酒作樂。當齊王對人生有所感慨的時候，梁丘據就在一旁附和，齊王於是說：「只有他與我是相和的啊！」晏子在旁邊，就很不以為然。他說：「他和你不過是相同而已，哪有相和！」齊王聽了很訝異了：「『和』跟『同』有什麼不一樣嗎？」晏子回答說：「如果用煮飯當例子，在熬湯的時候呢，要把不同佐料混在一起，讓味道調和，才能做出美味的料理。君臣相處之道也是這樣的。君王提出一個主張，作為臣子，應該要從不同的角度來建言，不是一味地附和而已。再以音樂為例，一首好的曲子，需要各種音符以不同的快慢、高低組合在一起，互相搭配，調和出優美的旋律，讓人聽了內心能得到平靜。「心平氣和」。所以《詩經》說：有德的音樂是沒有瑕疵的。像梁丘據這樣只會應和君王的說法，就像把清水加到清水裡去，有誰會想吃呢？就好像彈琴只彈同一個音，誰會想聽？」

漢代時候，時興一種「氣化」的宇宙觀，當時的哲學思想把「氣」的概念抽象化，認為世界是由陰陽五行組成的，而且讓這一切運行的，是一種有秩序、有感通能力的氣的宇宙法則。

兩千多年之後，一位美國電影導演理解了這個道理，將「氣」的觀念運用在他的賣座科幻片中，英文稱為「force」，回籠翻譯成漢語「原力」。

日

《漢字源流彙編》

字體	出處	字形
甲骨文	合集 20898	
金文	集成 4269（縣妃簋）、集成 3687（●婦簋）	 
戰國文字	郭・語 3・52、包 2・22、包 2・35	  
篆文	說文、說文古文	 
隸書	魏受禪表	
楷書	教育部標準楷書	

甲骨文之⊙，外像太陽的邊緣，內像精光。金文以圓形表現，更接近太陽的樣子。其第二例雖少了精光，然音、義依舊，仍像太陽之形。戰國文字三例，都承甲文之形而來，只是邊形表現較多元。篆文日承自甲、金、戰國文字，只是將精光用橫畫表現，連接了邊緣的二側。其古文的精光，用曲線表現，無損其義。字經隸書，以扁平之形表現，對照古文字，仍可看出為太陽之形。楷書沿之，脈絡應很清楚。以上諸形，都據具體的實象造字。在六書中屬於象形。

音讀ㄖˋ（rì），本義是太陽，如「日出而作，日入而息」。引申為白天，如「日間」。引申為每天，如「吾日三省吾身」。引申為季節，如「秋日」。引申為時候，如「昔日」。引申為生活，如「日子越過越好」。引申為特定的一天，如「生日」。引申為光陰，如「曠日彌久」。也假借為姓。另音ㄇㄧˋ（mì），用於人名，漢有金日磾。

月

《漢字源流彙編》	甲骨文	金文	戰國文字	篆文	隸書	楷書
	合集 26438、甲 225	集成 5412（二祀邲其卣）、集成 4060（不壽簋）	包 2·214	說文	孔龢碑	教育部標準楷書
						月

甲骨文之，外像月亮的邊緣，內像陰影；另一作，月中少一陰影，都像月亮的樣子，據具體的實象造字。在六書中屬於象形。金文二例，承繼甲文之形，顯而易見，而後世誤以甲文、金文為「夕」，看作省體象形，是據月字分化為二義而說的。戰國文字的，兩邊的外緣延長，稍失其形。篆文形最似戰國文字之，顯承其而來。字經隸書，體變作，益離原形，楷書即沿之而定體。

本義是月亮，如「月有陰晴圓缺」。引申為時間，如「歲月如流」。引申為計算時間的單位，如「三月」、「四月」。比擬像月形的東西，如「月琴」、「月餅」。假借為姓。

日的甲骨文字，畫的是太陽的邊緣跟中心的精光，指的就是太陽，像「日正當中」。

也指從天亮到天黑的這段時間，也就是白天，像是「日夜」、「日以繼夜」。

日有一天的意思，像「一日」、「每日」。

有每天、一天天的意思，如「蒸蒸日上」、「日新月異」。

指季節或泛指某一段時間，好比「春日雪融」、「夏日炎炎」、「往日」、「來日」。也可以指光陰，「曠日費時」。

月，是象形字，甲骨文的月畫的是月亮的輪廓，裡面的一點則是月亮的陰影。所以月，就是月球、月亮的意思，像「新月」、「日月」、「一輪明月」。

月也指月光、月色，好比說「月明星稀」。

也可以用來形容像是月亮一樣的東西，如「花容月貌」。

日月如梭

梭，是用來引線的器具，兩頭尖，中間粗，織布的時候呢，梭子就來來往往地快速移動，所以後來常用「梭」來比喻快速的樣子，像「穿梭」指往來次數的頻繁。「日月如梭」就是這樣子，意思是日月的交替速度像是織布的梭子一樣，時間流逝得非常快。

日新月異

古代的學者非常重視品德的涵養，在《禮記．大學》裡，就寫道：「苟日新，日日新，又日新。」意思就是：「如果可以每一天都讓品德進步，那就能天天進步，持續不斷。」後來，「日新」和對仗的「月異」就結合了，產生出新的成語「日新月異」，用來形容發展或進步快速，不斷有新事物。

鏡花水月

鳩摩羅什是東晉時候的高僧，也是中國佛教史上四大佛經翻譯家之一。他在長安翻譯佛經的時候，有系統地介紹佛教義理，因為當時漢譯佛經越來越多，但品質不一，內容難懂。他通曉多國語言，翻譯的作品簡潔流暢，非常被人們所重視。在一本鳩摩羅什與慧遠的問答錄裡，解釋了大乘佛教的教義，而且反覆論述有關法身的問題。

佛家把地、水、火、風四種元素形成的東西都稱為「色」，不是這四大元素所形成的，則稱為「非色」。凡是色，都至少會有色、香、味、觸四種感覺之一，例如水有色、味、觸，但風只有觸。若是非色，就像鏡中的影像，水中的月亮，看起來好像有實體，其實摸不到，只是幻象。後來「鏡花水月」這句成語就從這裡演變而來，用來比喻虛幻，不實在。

「舉杯邀明月，對影成三人」、「海上生明月，天涯共此時」、「露從今夜白，月是故鄉明」、「人有悲歡離合，月有陰晴圓缺」……自古以來，詩詞就特別喜歡詠月。月亮被當作團圓的象徵，也因為無論是在怎麼樣的黑夜中，月亮總是高掛天空，於是每每引起詩人的感懷，寫下一首又一首的詩詞作品。

星

《漢字源流彙編》

甲骨文

合集 11488、合集 11501

金文

麓伯星父簋

戰國文字

九·56·79、帛乙1·21、睡·日乙92

篆文

說文、說文古文、說文或體

隸書

劉熊碑

楷書

教育部標準楷書

甲骨文二例，由星星加生聲而成，只是繁簡不同而已。金文曐、戰國文字曐，是篆文曐之所本。戰國文字二、三例，由曐之省簡為星、星，屬從晶省、生聲。篆文曐和古文曐構形相同，只是前者在星星中多一橫畫，以表星光，後者卻沒星光的橫畫，其實兩者並無差異，不影響其音、義。或體作星，承自戰國文字二、三例，顯而易見，隸書、楷書並據以定體。以上諸形，原都由象形的「晶」字為形，以表星星，後省為「日」，也是表星星，且都以生為聲，以利識讀。由於生聲在此只是表音而已，並不兼義，所以在六書中屬於形聲。

本義是宇宙中發光或反射光的天體，如「恆星」、「行星」、「衛星」、「月明星稀」。引申為小點，稱秤上的標記，如「準星」。引申為小，如「星火燎原」。引申為多，如「星甇」。引申為天文的，如「星官之書，全而不毀（《後漢書・第十・天文志》）」、「星算」。引申為夜晚，如「星夜」、「星晚」。引申為分散，如「零星」、「星散」、「星離」。比喻為眾人崇拜、注目的，如「歌星」、「影星」、「明星」。比擬像星色之白，如「星鬢」、「星髮」。假借為晴，如《詩經・鄘風・定之方中》「星言夙駕（早晨放晴，駕車外出）」。也假借為姓。

星，一般指的是太陽、月亮之外，在夜空中會發光的天體，像是「恆星」、「行星」、「衛星」、「流星」。引申為天文星象，特別指的是占卜，例如說「占星術」、「星相」、「星卜」。星也可以指細小零碎，或閃亮亮的東西，像是「零星」、「星火燎原」、「眼冒金星」、「一星半點兒」。或比喻被人注目、崇拜，或某事的主要人物，例如「歌星」、「明星」、「救星」、「壽星」。星星，也是一種榮譽的符號，好比說「四星上將」、「金星勛章」。

披星戴月

呂洞賓是道教全真派純陽祖師，他淡泊名利，拋開世俗人生，在他寫的一首七言裡，就把這些都表現了出來。他認為命運的造化作為在於本身，相較於那些追求富貴名利的人，自己選擇的這條路特別孤獨。但是儘管路途遙遠，也只能默默地繼續走下去，不辭辛勞去成就自己的人生。這首詩裡就有一句寫道：「披星帶月折麒麟。」後來「披星戴月」這句成語就從這裡出來，形容早出晚歸，或連夜趕路的勞累；也比喻辛苦勤勞。

物換星移

滕王閣位於現在的江西省，是唐代李元嬰所建。李元嬰是李淵的兒子，在唐太宗李世民即位以後，被封為滕王，因此他把這座樓閣命名為滕王閣。唐高宗在位的時候，有個人叫做王勃，他是當時有名的才子，文思泉湧，下筆成章，和當時另外三個人合稱初唐四傑。有一次他參加一場在滕王閣上舉辦的盛宴，即席寫了一篇〈滕王閣序〉，至今為人所傳頌。另外他還作了一首〈滕王閣〉詩，詩的上半部寫滕王閣的壯觀，後半部則抒發從滕王閣引發的感嘆，「閒雲潭影日悠悠，物換星移幾度秋。閣中帝子今何在，檻外長江空自流。」大意是說天上的雲投影在閣前的潭水上，日光也顯得愜意閑適，但地上事物不斷在改變、時序星辰也在轉移，不知道已經過了多少寒暑。當年的李元嬰，現在又在哪裡呢？只剩欄杆外的長江滾滾東流。後來「物換星移」就被用來比喻景物的變遷，世事的更替。

急如星火

李密是三國時蜀漢人，博覽群書，不但學問好，口才也好。他父親早逝，母親改嫁，從小由祖母撫養長大，因此對祖母非常孝順。晉武帝時，有意攬他當官，但他覺得祖母年事已高，無人奉養，於是上〈陳情表〉辭謝，內容哀切誠懇，武帝看了大為感動，於是就賜他奴婢跟一些米糧，讓他終養祖母。〈陳情表〉裡有一段就寫到，有地方官登門來催他趕緊上路就任，簡直比流星的光還急。他想要奉旨上路，可是祖母的病卻日漸沉重，情勢窘迫，進退兩難。「急如星火」這句成語就從這裡演變而來，形容情勢急迫。

雷

《漢字源流彙編》

甲骨文

合集14正、合集13419、合集24367

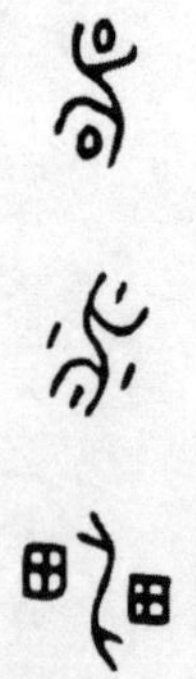

金文

集成876（雷甗）、集成9826（對罍）、集成6011（盠駒尊）

戰國文字

包2．174、睡．日甲42背、包2．85

篆文

說文、說文古文、說文籀文

隸書

流沙簡．小學．2．5、武榮碑、馬．天文雲氣雜占、魏曹真碑

楷書

教育部標準楷書

甲骨文、金文「雷」字，都從「申」，並附加菱形、點形、口形、田形。「申」是「電」的初文，表示打雷和閃電相關；菱形、點形、口形、田形，則都是表示打雷的聲音。古文字中數量不等，形體變化多端，金文中〈對罍〉將申與畾筆畫相互勾連為一體，在六書中都是屬於合體象形。〈盠駒尊〉添加「雨」旁，由象形而聲化為形聲字。從雨、從申，表示與打雷、下雨的天象相關；而畾則表示音讀。戰國文字省略「閃電」，直接用「雨」表示天象；用「畾」、「晶」來表示雷聲，《說文・雨部》：「靁，陰陽薄動靁雨，生物者也。从雨，晶象回轉形。」篆文從雨、晶聲的「靁」字即從此來；還有的「晶」則替換為「壘」聲（田形省為二個）。大徐本《說文》篆文繼承戰國文字，古文從雨、吅聲（晶形省作）。籀文在四個田形之間，增加二個「回」形，回、雷音近，是疊加聲符的二聲字。本義為打雷。

隸書繼承篆文，西漢馬王堆帛書〈天文雲氣雜占〉及漢碑作「雷」，構形從雨、晶省聲，已將「晶」聲省作「田」形，與現今楷書作「雷」完全相同。在六書中屬於形聲。

本義為打雷，指陰雨天氣雲層中正、負電相互撞擊，因放電而發出的巨響，如《詩．召南．殷其雷》「殷其雷，在南山之陽（隱隱作響的雷聲，遠在南山之南）」，常用詞語如「響雷」、「春雷」、「避雷針」、「雷雨交加」、「雷霆萬鈞」。引申為巨大的聲響，如「聚蚊成雷」、「如雷貫耳」、「黃鐘毀棄，瓦釜雷鳴（屈原〈卜居〉）」。引申為迅猛、激烈，如「大發雷霆」、「千里雷馳」、「雷厲風行」、「歡聲雷動」。引申為軍事上的爆炸工具，如「魚雷」、「地雷」、「詭雷」、「掃雷」。引申為敲擊，也可以寫成「擂」，如清．黃遵憲〈臺灣行〉「城頭逢逢雷大鼓」。假借為姓。

電

《漢字源流彙編》

甲骨文	合集 33954、花東 437	
金文	集成 4326（番生毀蓋）	
戰國文字	帛乙 3．5	
篆文	說文、說文古文	
隸書	武榮碑	
楷書	教育部標準楷書	

甲骨文「申」、「電」同字，本像閃電之形。在六書中屬於象形。後因假借用為干支，轉注為從「雨」從「申」的「電」字，保留其本義。金文、戰國文字、篆文、古文構形相同，皆從雨、從申。《說文．雨部》：「電，陰陽激耀也。从雨、从申。」從雨，表示閃電伴隨雷雨而至；從申，表示閃電。本義是閃電。在六書中屬於異文會意。教育部標準字作「電」，大陸規範字還原為「电」。

本義為閃電，指正負電相互碰撞、產生電荷變化，發出光熱之現象，如「電流」、「觸電」、「電器行」、「雷電交加」、「電閃雷鳴」。引申為電擊，如「剛被電了一下」。引申為疾速，如「風馳電掣」。引申為光亮、閃耀，如「瞋目電耀」、「燁燁電光」、「雨過潮平江海碧，電光時掣紫金蛇」。引申為明察，如「惠風春施，神武電斷」。引申為與電力能源相關事物，如「電鍋」、「電梯」、「電腦」、「發電廠」、「電力公司」。引申指電子傳輸通訊，如「賀電」、「急電」、「電報」、「電話」、「電匯」、「電子郵件」、「來電顯示」。假借為姓。

雷，本義是打雷，像是「響雷」、「春雷」、「避雷針」、「雷雨交加」。

引申成巨大的意思，像是「如雷貫耳」、「瓦釜雷鳴」。也有激烈的意思，如「大發雷霆」、「雷厲風行」、「歡聲雷動」。

或者是爆炸性武器，如「魚雷」、「地雷」。

電，是閃電，陰雨天雲層放電的時候發出來的光，也是電荷產生的一種能源，像是「雷電交加」、「電流」、「觸電」。

引申為迅速，像是「風馳電掣」。

也可以指跟電力能源相關的事物，如「電鍋」、「電梯」、「電腦」。

或是指電報、電話、電訊等等訊息，像是「收到急電」、「來電答鈴」。

風馳電掣

西周的姜子牙，寫了一本兵書《六韜》，又叫做《太公兵法》，用周武王跟姜子牙對話的形式來寫成，內容主要在講述治國、治軍和戰爭的理論。其中有一篇，周武王就問他，作為一個王者，他帶領的軍隊應該要有哪些輔佐人才？姜太公就說，一個強大的軍隊應該要有七十二個優秀的幕僚，至於在陣前奮勇殺敵的將領，則應該兼備智慧跟魄力，平常負責調度武器裝備，一旦出征，就像風和電一樣快速，殺得敵人措手不及，完全不知道他從何而來。「風馳電掣」就是從這裡來的成語，形容速度非常快。

雷厲風行

三國時代，王弼在註解《易經》的時候說：「天地雖大，富有萬物，雷動風行，運化萬變。」這裡「雷動風行」，就是在說打雷颳風的自然現象。後來唐代白居易寫了一篇文章，說：「雷動風行，日引月長，上益其侈，下成其私。」引用了王弼這一句話來說「上行下效」的快速。雷電聲勢驚人，也像是人的行動果斷嚴厲，韓愈在〈潮州刺史謝上表〉裡，就說自從唐憲宗即位以後，努力扭轉已見衰微的國勢，開創新局；所頒行的政令「雷厲風飛」，指的正是政令執行嚴格迅速。「雷厲風行」就是經由這一連串的演變而成的，比喻人行事嚴格迅速。

雷霆萬鈞

漢朝的大臣賈山，寫了一篇文章，以秦朝滅亡的歷史教訓，強調帝王應該聽取臣子的勸諫，重用賢士。賈山認為，君主的權位至高無上，可是如果威勢太盛，就會像雷霆和萬鈞的重物一樣，讓人望之卻步。這樣一來，國家就沒有人才了，縱使有聖君聖王，也很難長久安定。後來「雷霆萬鈞」就用來比喻威力強大，勢不可擋。

雷這個字在網路上又有別的意思。起源於日本的御宅文化。在網路上討論作品的時候，如果內容有透露劇情，就會特別註明，因為日文的「劇情洩漏」聲音近似於「捏他巴雷」，所以在臺灣，就有人直接翻譯過來，變成「雷」。成為一種約定成俗的用法。像是「影評內有雷」，如果有人在沒有預警的情況下說出電影重要劇情，就叫做「爆雷」。另外，受到大陸網路用語的影響，「雷」也有很糟糕、出人意料的意思，要說一部電影很難看，就說「哎呀，這部電影太雷了」。

露

《漢字源流彙編》

字體	出處	字形
甲骨文		
金文	集成 11551（九年鄭令矛）	
戰國文字	上（1）．孔．21、郭．老甲．19、璽彙 242	
篆文	說文	
隸書	魏受禪表	
楷書	教育部標準楷書	露

戰國文字「露」字皆作「雺」，從雨、各聲。「露」字始見於篆文，「各」、「路」音近，聲符可以替換，「雺」、「露」為一字之異體。隸書、楷書構形本於篆文。《說文．雨部》：「露，潤澤也。从雨、路聲。」從雨，表示與自然現象相關；從各、從路，均表音讀，是不示義的聲符，本義是潤澤萬物的露水。在六書中屬於形聲。

音讀ㄌㄨˋ（lù），本義是露水，指靠近地面之水蒸氣，夜間遇冷而凝結成之小水珠，如《詩經．秦風．蒹葭》「蒹葭蒼蒼，白露為霜」，常見詞語如「露珠」、「朝露」、「甘露」、「餐風飲露」。引申為潤澤、庇蔭，如「覆露萬民」、「英英白雲，露彼菅茅」（《詩經．小雅．白華》）。引申為沒有遮蔽、沒有遮掩，如「露天」、「露營」、「裸露」、「袒胸露背」、「露宿街頭」。引申為顯現出來，如「流露」、「顯露」、「暴（ㄆㄨˋ pù）露」、「露骨」、「露餡兒」、「鋒芒畢露」。引申為顯露隱密事物，如「披露真相」、「揭露詭計」。引申為用花、葉、果實或藥材製成的飲料或藥液，如「薔薇露」、「玫瑰露」、「枇杷露」、「果子露」。引申為節氣名，如「寒露」、「白露」。假借為姓。

另音ㄌㄡˋ（lòu），引申為洩漏，如「走露風聲」、「露出馬腳」、「露了口風」、「外露消息」。

露(ㄌㄨˋ)，是露水，夜間因為靠近地面的水氣遇冷，凝結成的小水珠，常見的詞語有「露珠」、「朝露」、「甘露」、「餐風飲露」。

有不遮蔽、沒有遮掩的意思，像是「露天」、「露營」、「袒胸露背」、「露宿街頭」。引申為顯現出來，像是「流露」、「顯露」、「露骨」、「暴露」。

也可以指用花、葉子、果實或藥材做成的飲品，像是「玫瑰露」、「枇杷露」。

露在口語上還有另一個讀音，讀作ㄌㄡˋ。是洩漏、顯現出來的意思，像是「走露風聲」、「露出馬腳」。

拋頭露面

《封神演義》是明代時候的小說，根據《武王伐紂平話》，再參考民間故事和古籍寫成。裡頭就寫道，

商朝末年，紂王當政，暴虐無道、耽溺酒色，還有妲己在旁助紂為虐，導致民怨四起。當時有一個武將黃飛虎，他忠勇愛國，卻沒有想到因為與妲己有嫌隙，妲己就設計陷害黃飛虎的夫人賈氏，登上摘星樓，她在摘星樓上受到紂王言語調戲，不甘受辱，跳樓自殺。黃飛虎對紂王的暴政從此更加深惡痛絕，決定反叛。不料他到了潼關，被守將陳桐用火龍標打中，救回來的時候已經沒了氣息。另一邊，在青峰山紫陽洞修行的清虛道德真君，掐指一算，知道黃飛虎有危險，就叫黃飛虎的兒子黃天化下山救父。黃天化用師父交付的仙藥救活父親之後，父子相認，告訴黃飛虎，他是在三歲的時候，被道德真君帶上山修行的。一家人相聚以後，卻不見母親賈氏。黃天化就問父親說，為何兄弟都在，唯獨沒見到母親？並說，母親是女流之輩，如果被朝廷拿問，在大庭廣眾之前拋頭露面，有違封建道德，會丟了父親的面子。「拋頭露面」，就是指人公開出現在大眾面前。

藏頭露尾

「藏頭露尾」就是把頭藏起來，卻露出了尾巴。通常指的是說話隱晦、舉止畏縮的樣子。在民間傳說改編的元代雜劇《桃花女》裡面，寫道河南雲陽村的任二公，有一個女兒名叫桃花，擅長陰陽法術；又有一個名叫周乾的人，擅長占卜算命。周公占卜非常靈驗，也以此自負，可是桃花女卻兩次讓周公卜算失靈，周公就因此懷恨於心。有一次周公預言家裡的僕人彭大，陽壽將盡，就要死了，結果過了時辰，彭大卻沒有死。周公心裡疑惑，一問之下，知道是桃花女幫彭大延長了壽命，非常生氣。他想出一個計謀準備報復，要彭大替他辦一些事，彭大不知道周公的詭計，念及過去周公待他不薄，如果自己還畏畏縮縮「藏頭露尾」的，怎麼能算是知恩圖報的人呢？就答應了。這裡的「藏頭露尾」就是用來形容畏縮的樣子。

周公派彭大送聘禮到桃花女家，騙他們說是救他性命的謝禮，請他們收下，要用這種方法強娶桃花，在迎娶過程當中，佈置各種陷阱，要讓桃花女死於非命。桃花在一路上把危機化解了，兩個人在婚禮的過程當中展開一連串鬥法。桃花破解周公陷阱的辦法呢，紅蓋頭、踩紅毯、戴花鳳冠、頭頂米篩等等，就形成了後來的結婚習俗。

石

《漢字源流彙編》

字體	出處	字形
甲骨文	合集13505正、合集7694	
金文	集成2668（鐘伯侵鼎）	
戰國文字	包2・80、郭・緇・35、望1・115	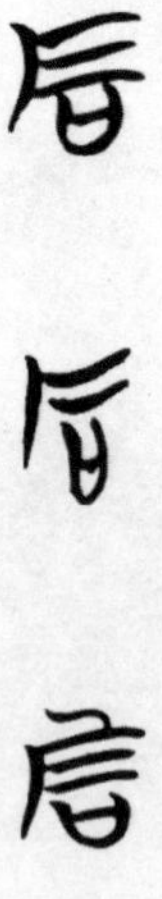
篆文	說文	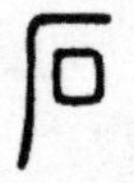
隸書	景北海碑陰	
楷書	教育部標準楷書	石

甲骨文之石有二例，一為ㄗ，一為ㄗ口。前者不易看出它和石有什麼關係，後者從ㄗ、從ㄩ。ㄩ概是口之誤。訛於金文作厄，承自甲文第二例，據此而論，厂為山崖，獨體象形；「口」僅一實象符號，沒獨立的形、音、義。合而視之，則可表山石之義，也就是石塊的意思。戰國文字三例，較之金文之厄，多了山崖層疊之痕跡，不影響其音、義。篆文厄顯然承自金文之形而來，唯一不同的是：「口」改為「ㄩ」，以示山石的形、義。字經隸書，體變作石，厂形稍有改變；楷書沿之，失形更多，也就不易瞭解其原形了。以上諸形，除卻甲文的第一例，都由象形附加實象而成。在六書中屬於合體象形。有學者以「石」本作厂，像磬省卻右邊之形，屬獨體象形；後借為方國之名，就增繁文以別之，是甲文的常例（《文字析義》，P.192），可備一說。

音讀ㄕˊ（shí），本義是石塊。引申為古時八種樂器之一，如「匏、革、土、木、石、金、絲、竹等樂器」。引申為磬，如「擊石而歌」。引申為治病的礦石或石針，如「針石」、「藥石」。引申為石刻，如「金石之學」。引申為碑碣，如「立石記功」。假借為姓。

另音ㄉㄢˋ（dàn），假借為量詞，用於計算容量的單位，如「十斗為一石」。

石，本義是岩石，像是「石窟」、「石器」、「大理石」、「石沉大海」。引申為石刻，刻有文字或圖畫的碑或者是崖壁。像是「金石之學」。「藥石」是用來做藥材的礦物，「針石」，古人用來治病、針灸。

也可以用來指「磬」這種樂器，像是「擊石而歌」。另外，石還有另外一個讀音，讀作ㄉㄢˋ。它是計算容量的單位，十斗為一石；也是計算重量的單位，一百二十斤為一石。

水滴石穿

戰國時代，有個思想家名叫尸佼，他曾經是商鞅的門客，後來商鞅被處車裂之刑，尸佼為了避禍，來到蜀地，終老一生。他的著作《尸子》內容綜合了儒家、墨家、名家、法家的學說，其中有一段提到：「水，雖然不是鑽石頭的鑽子，但是可以把石頭給滴穿；繩子，雖然不是用來鋸木頭的鋸子，但是只要不停地在木頭上來回磨擦，同樣可以把木頭切斷。」這是長時間累積下來的結果。「水滴石穿」，用來比喻持之以恆，事情一定可以完成。

但是除此之外，「水滴石穿」也可以用來比喻小問題如果日積月累，也會變成大問題。宋代《鶴林玉露》，記載了一個故事，說有一位管理府庫的官吏，因為被發現偷帶了一文錢出來，被判處杖刑，他不服，判刑的人就寫判例說：「雖然每天只偷一文錢，但是一千天之後就有一千文錢，日積月累就會變成為數可觀的一筆錢，就像是用繩子磨擦木頭，久了木頭也會斷，水如果一直滴在石頭上，石頭也會被穿透。」

水落石出

醉翁亭位在滁州，也就是現在的安徽省滁縣，瑯琊山兩峰之間，是山上的和尚智仙蓋的。歐陽修曾經遊賞醉翁亭，寫下了一篇膾炙人口的文章〈醉翁亭記〉。裡頭描寫山林裡四季變化的景色：春天有野花的幽香，夏天有茂盛的樹形成一片綠蔭，秋天風聲蕭瑟，還有潔白晶瑩的霜，到了冬天，水乾枯了，河床的上的石頭就都露了出來，就像是原本被遮掩的真相。「水落石出」這句成語，就被用來比喻事情經過澄清之後，真相大白。

海枯石爛

「海枯石爛」的「海枯」、「石爛」分別來自兩首不同的詩。晚唐詩人杜荀鶴，因為對人心的難測有感而發，寫了一首詩，名叫〈感寓〉，「海枯終見底，人死不知心。」海乾枯了，終究有見底的一天，可是人就算死了，都很難了解他們的內心。這是「海枯」的由來。

另外一位詩人杜牧，寫了一首〈題桐葉〉。寫重遊舊地時引發的感傷，「石爛松薪更莫疑」，石頭風化粉碎，松木變成了柴火，表示時間推移、世事無常。後來這兩個詞語就被合成為「海枯石爛」，形容經歷的時間長久、意志依然堅定。

開創漢朝的張良，年輕的時候，曾經遇到一個老人，把鞋子丟到橋下要他撿，還要張良幫他穿鞋。張良最終是通過了考驗，得到了老人給他的《太公兵法》，成為王者之師。這位老人呢，就是黃石公。

丘

《漢字源流彙編》

字體	出處	字形
甲骨文	合集4733	
金文	集成4559（商丘叔簠）、集成10374（子禾子釜）	 
戰國文字	包2·188、包2·237	 
篆文	說文、說文古文	 
隸書	孔宙碑陰、景北海碑陰	 
楷書	教育部標準楷書	

甲骨文作，像小山二峰隆起的樣子。金文第二例，二峰之形猶可見，第一例上體冗筆彎出，已失其形。戰國文字第一例，下體增一冗筆，第二例下體增一土字。篆文峰形變作二人相背，已失原形；古文上體承自篆文，下體承自戰國文字第二例。隸書二形，前者峰形變作左右折筆，後者左峰依稀可見。楷書沿之隸書第二例而定體。以上諸形，都據具體的實象造字。在六書中屬於象形。

本義是小山，如「土丘」、「丘陵」、「大山小丘」。引申為墳墓，如「墳丘」、「丘墓」。也假借為姓。

峰

《漢字源流彙編》

甲骨文	金文	戰國文字	篆文（說文）	隸書	楷書（教育部標準楷書）
			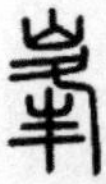		峰

此字始見於篆文。篆文作從山、夆聲。楷書則將篆文的上下結構改成左右結構。在六書中屬於形聲兼會意。

本義為高而尖的山頂，如「山峰」、「奇峰」、「峰迴路轉」。引申為形狀像山峰的東西，如「駝峰」、「浪峰」、「洪峰」。引申為事物發展到最高的程度，如「登峰造極」、「高峰」、「巔峰」。假借為姓（大陸特有）。

丘，是小土山、土堆的意思，像是「丘陵」、「山丘」、「沙丘」。也是墳墓，例如「丘壟」。

峰，是高聳的山頭，像是「山峰」、「峰迴路轉」。引申為形狀像是山峰的東西，例如「駝峰」、「浪峰」、「洪峰」。或者是事物發展到最高的程度，如「登峰造極」、「巔峰」、「人潮高峰」。

登峰造極

魏晉南北朝的時候，文人崇尚清談，盛行品評人物，所以記錄名人軼事的「志人小說」在當時非常流行。這類小說採集過去或當時文人名士的言談、風尚、逸事，加以編撰，很能反映各類人物的面貌，間接表現出當時的社會民情。南朝宋劉義慶所編的《世說新語》就是其中的代表作品，《世說新語》根據內容分成德行、言語、文學等等，總共三十六門，都是簡潔而意義深長的短篇，篇幅比較長的也只有幾行，短的可能才二、三十個字。可是它因為善於把人物的語言跟情態結合，並使用比喻、對比等等修辭技巧，所以比起一般志怪小說，更有文學價值。在《世說新語》的文學門裡，有一篇就記載了晉簡文帝的一段話。簡文帝篤信佛教，研究佛經，他看到經上說，如果淨化自己的精神、擺脫煩惱，就可以成佛。於是就有所感觸地說道：「不知道照這樣去做，是不是馬上就可以達到登峰造極的境界？但是我認為平常薰陶磨練的功夫，應該也不能荒廢。」「登峰造極」，比喻成就達到了極點或造詣高深。

一丘之貉

漢朝的楊惲，因為父親曾經擔任丞相的職位，他自己的能力也受到賞識，所以很年輕的時候就在朝廷裡擔任要職，聲名顯赫。少年得志，不知不覺地，就表現出很驕傲的態度，常常得罪別人。

有一個投降的匈奴人，正在談論他們的首領單于被人殺害的消息，楊惲聽到之後，就發表議論說：「單于真是昏庸的君王，雖然他的大臣替他設計了很好的治國策略，他卻都不採用，最後送上自己的性命。這就跟歷史上的秦王一樣，聽了小人的讒言，殺害忠臣，最後導致亡國。如果當時秦朝的君王有採用那些忠臣的建言，也許今天都還是秦朝天下呢！不管是古代還是現代，國君都只聽小人的話，真像是同一個山丘的貉一樣，沒什麼差別。」

貉是一種長得像狐狸一樣的野獸，楊惲說了這樣的話，借古諷今，不旦猖狂無禮，還嚴重冒犯了君王，漢宣帝聽了之後非常生氣，就將楊惲給免職了。「一丘之貉」，比喻彼此一樣低劣，沒什麼差別。

春秋時代，齊桓公喜歡打獵，有一次呢，追著一隻白鹿來到麥丘這個地方，遇到一位八十三歲的老人，桓公請老人祝福他能像老人一樣長壽，老人一祝桓公長壽；二祝桓公能明白金玉不算什麼，只有人才是最珍貴的；三祝桓公好學，不恥下問，任用賢能的人在旁邊輔佐。齊桓公後來呢就把「麥丘」賜給這位老人。老人的後裔隨著這個封地複姓「麥丘」，隨著歷史演變，麥丘就從複姓簡化了，變成現在的姓氏「麥」。

江

《漢字源流彙編》

甲骨文	金文	戰國文字	篆文	隸書	楷書
	集成12113（鄂君啟舟節）	郭·老甲·2	說文	衡方碑	教育部標準楷書

從金文、戰國文字、篆文到隸書、楷書，江的字形都是從水、工聲。從水，表示與水相關；工聲，表示音讀。在六書中屬於形聲。

本義指長江，本為專有名詞，如「江南水鄉」、「江淮平原」。後來義項擴充，泛稱大的河流為江，如「湘江」、「嘉陵江」、「翻江倒海」。周代時有江國，嬴姓，春秋時為楚所滅，故址約在今河南息縣。後世江國之子孫以國為氏，於是姓氏有江姓。用作江蘇省的簡稱，如「江浙」。

江，本來用來專指長江，像是「江南水鄉」、「江淮平原」。

後來字義擴充，也泛指比較大的河流，像是「湘江」、「三江平原」、「翻江倒海」。

也是江蘇省的簡稱，叫做江，例如「江浙」。

江河日下

蘇轍是北宋的著名散文家，跟他的父親蘇洵、哥哥蘇軾合稱為「三蘇」，也都名列於「唐宋八大家」之中。

蘇轍主張文章的好壞取決於氣，養氣就是增進內心的修養，還有擴展生活的歷練，他特別推崇司馬遷「行天下，周覽四海名山大川」，文章才能有「奇氣」。他的散文風格澹泊，又吸收了駢文的技巧，所以不論是讀起來的聲調還是文采都非常優美，〈黃州快哉亭記〉就是他的代表作品，文章融合了敘事、寫景、抒情跟議論。

在學術上，蘇轍偏好儒家思想，尤其是孟子，所以他也特別擅長政論文章，在論述天下大事的時候，委婉又公正，往往能一針見血。他曾經詳細論述了君王治國的方法。「其狀如長江大河，日夜渾渾趨於下而不能止。」他認為人民像江河的水，如果不加以約束，放任他們為所欲為，就會像是洪水一樣奔流而下，很難阻擋，使得情況越來越糟，最後沖毀堤防，造成不可挽回的災害。所以懂得治理人民的君王，應該要謹慎地引導人民，讓他們走上正道，既不會過於放縱，也不過於壓制，這樣天下才能安定。「江河日下」，比喻情況日漸敗壞。

江郎才盡

「江郎才盡」這句成語，出自於南朝詩人江淹的故事。江淹雖然從小家境貧寒，卻非常好學，年輕時就能寫出很好的詩跟文章，在文壇上享有盛名，大家都稱他為「江郎」。但到了晚年的時候，江淹在文學上的表現大不如前，文筆變得平淡乏味，毫無特色。傳說在他辭退宣城郡守以後，有一天晚上在冶亭獨睡，夢到一個美男子，自稱是東晉時候的著名文人郭璞。他對江淹說：「我有一枝筆放在你那兒很多年了，現在應該還給我了。」江淹伸手到懷裡一摸，果然找到一枝五色的筆，他將這枝筆交還給郭璞，結果從此以後，江淹文思枯竭，再也寫不出好詩來了。當時大家都傳言「江淹才盡」，就是說江淹的文才已經用盡了。後來這個故事就演變為成語「江郎才盡」，比喻文人的才思枯竭，沒辦法再創造出佳句來。

捏麵人是一項很有文化特色的傳統技藝，用麵粉糯米揉成麵團之後，加工捏成一個一個生動的玩偶。歷史由來已久，傳說在三國時代，諸葛亮率兵平定了南蠻，回朝途中經過了瀘江，江水卻忽然暴漲，水面波濤洶湧。於是他想出一計，命人用米麵當作皮，裡面包牛馬的肉，捏成人形還有牲口的樣子來祭祀江邊的孤魂，結果剎那之間，風平浪靜了，蜀軍也因此順利過江。流傳到現在，捏麵人演變成民間藝術，諸葛亮也就順理成章地成了捏麵人的祖師爺。想不到吧？

河

《漢字源流彙編》

甲骨文	金文	戰國文字	篆文	隸書	楷書
合集30439、合集14620	集成4270（同簋蓋）	上（2）·容·13、睡·秦7	說文	逢盛碑	教育部標準楷書

甲文字形或從水、丂（柯）聲，或從水、何（荷）聲；金文從水、歌聲；戰國文字、篆文、隸書、楷書皆作從水、可聲。從水，表示與水相關；可聲，表示音讀。在六書中屬於形聲。

本義為黃河之專名，如「河套地區」、「河西走廊」、「關關雎鳩，在河之洲（《詩經．周南．關雎》）」。後來擴充義項，引申為自然形成或人工開鑿的較大水道的通稱，如「河堤」、「內河」、「運河」、「護城河」、「兩河流域」。也表示銀河，如「星河」、「河漢」。也假借為姓。

河，原本用來專指黃河，如「關關雎鳩，在河之州」、「河西走廊」、「河套地區」。後來泛指自然形成，或者人工開鑿的，比較大的水道，例如「河堤」、「運河」、「護城河」、「兩河流域」。河還可以用來指銀河，像是「星河」、「河漢」。

過河拆橋

元順帝在位的時候，聽了大臣的建議想要廢除科舉制度，監察御史極力反對，還對提議的大臣加以彈劾，可是順帝仍然決定要實施這個政策。參政許有壬也對這件事表示強烈反對，而且據理力爭。許有壬當初是通過科舉考試才進入了官場，後來升為參政，但他不但反對無效，元順帝還故意讓許有壬在詔令頒布的時候，跪在文武百官的最前面來折辱他。許有壬怕不聽命會遭來禍患，只好勉強贊成廢科舉。有人看到了，就譏諷許有壬說：「你是通過科舉考試的人，現在要廢除科舉制度，你又跪在第一個，真是過河拆橋啊！」許有壬聽了覺得很丟臉，就稱病不出門。「過河拆橋」就用來比喻不念舊情，忘恩負義。

信口開河

「信口開河」的「河」字，其實原本是適合的「合」，意思是任由嘴巴張開合起，不加思索就隨口說出。在元代的戲曲裡常常見到。例如關漢卿的《魯齋郎》雜劇，說到宋朝時候，有個惡霸魯齋郎，他仗著官威權勢，到處橫行霸道，無視王法，可是因為皇上對他十分寵幸，所以沒人治得了他。這個魯齋郎先是強搶了一個工匠的妻子，工匠因告狀無門，昏倒在路旁，幸好被張珪救起，兩人因而結拜為兄弟。後來有一天，魯齋郎遇見了張珪的妻子，看她長相貌美，心生貪念，於是又逼張珪把妻子送給他，然後再把工匠的老婆送給張珪。後來工匠去找張珪的時候，意外地在他家裡看到了自己的妻子，兩人相擁痛哭。張珪眼看別人夫妻重聚，而自己卻妻離子散，於是心灰意冷，把家產全部留給了工匠夫婦，隻身前往道觀出家去了。後來包拯為民除害，斬了魯齋郎，工匠和張珪終於發洩了心裡的憤恨，包拯因此勸張珪還俗，重振家業，可是張珪卻早就已經心如死灰，他說自己自從出家以後，就再也沒有想過要重新回到世俗的生活了。儘管包拯「信口開合」，瑣碎囉嗦地說了一堆，也都無法說動張珪的心，堅決不肯還俗。「信口開河」，現在用來比喻隨便亂講話。

柳宗元是唐代著名的文學家、思想家，是唐宋八大家之一。魏晉時候，文人流行寫作文字華麗的駢文，而且崇尚佛老思想，這樣的風氣延續到唐朝，就開始有了反對的意見，柳宗元跟韓愈尤其如此，他們共同領導了古文運動，希望恢復秦漢時候的文學傳統，所以兩個人又並稱「韓柳」。柳宗元的散文作品數量很多，體裁很廣，既有論說文，有寓言小品，還有山水遊記。其中又以他被貶官到湖南永州的時候，所寫的「永州八記」最具有代表性。

柳宗元是山西人，山西，位於黃河的東邊，古代就叫河東，所以柳宗元，大家又叫他「柳河東」。

海

《漢字源流彙編》

字體	出處	字形
甲骨文		
金文	集成4238（小臣謎𣪘）	
戰國文字		
篆文	說文	
隸書	北海相景君銘	
楷書	教育部標準楷書	

金文、篆文字形皆係從水、每聲。從水，表示與水相關；每聲，表示音讀。隸變作海，楷定作海。在六書中屬於形聲。

本義為地球上陸地與洋之間的水域，如「領海」、「東海」、「海納百川」、「海闊天空」。也用來指稱內陸較大範圍的水域、湖泊，如「洱海」、「死海」。於是苑囿內的水池也稱為海，如「中南海」、「北海公園」。由於大海的浩瀚，於是用來比喻聚集成大片、難見邊際的人或事物，乃至於領域，如「人海」、「雲海」、「火海」、「學海無涯」、「宦海浮沉」。也用來形容巨大的事物，如「海派」、「海量」、「海碗」。其後較大的容器也稱作海，如「茶海」、「銀酒海」。

又由於大海難見邊際，因而也用以指稱荒遠的邊鄙，如「四海歸心」、「天涯海角」、「海內存知己」。是以古代也用來指從海外、國外傳入的事物，如「海棠」、「海紅花」。在口語中，亦用以形容胡亂地，沒有節制地樣子，如「海罵」、「胡吃海喝」、「海削一頓」。在現代地名中，用為上海市的簡稱。也假借為姓。

洋

《漢字源流彙編》

甲骨文

後2.41.5、前6.23.6

金文

戰國文字

篆文

說文

隸書

魏元丕碑

楷書

教育部標準楷書

甲文、篆文、隸書、楷書的形構皆作從水、羊聲。從水，表示與水相關；羊聲，表示音讀。甲文或從二羊，字形雖複重並不影響字義，乃古文字之通例。隸變作**洋**，楷定作洋。在六書中屬於形聲。

本義為古代的水名。也表示廣大、盛多，如「汪洋」、「洋溢」。也指地球表面上比海更廣大的水域，如「飄洋過海」、「五大洋（南冰洋、北冰洋、太平洋、大西洋、印度洋）」。泛指外國、外國來的，如「留洋」、「洋人」、「洋貨」。由於銀元來自外國，於是俗稱銀元為「洋」，又引申為錢，如「銀洋」、「龍洋」、「現大洋」。也引申為現代化的（與「土」相對），如「洋式」、「洋房」。假借為姓。

海，是地球上介於陸地跟大洋之間的水域，像是「領海」、「東海」、「海納百川」。

也可以用來指內陸比較大範圍的水域，像是「死海」、「青海」。

能比喻聚集成一大片的人或事，像「人海」、「雲海」、「火海」。

有領域的意思，如「學海無涯」、「脫離苦海」。

也引申為遠方、世界，例如「雲遊四海」、「天涯海角」。

海還有巨大的意思，像是「海量」、「誇下海口」。

滄海桑田

晉朝的《神仙傳》收錄了這麼一段故事：傳說中的仙女麻姑，跟仙人王方平敘舊的時候說：「自從上次接待你之後，東海都已經變成農田三次了，時間過得真快。剛才我到蓬萊仙山去巡視，發現周圍的海水，比我上次看到的時候又淺了一半，難道又要變成陸地了嗎？」王方平於是感嘆地說：「一旦變成陸地，以後經過東海，又要塵土飛揚了。」「桑田」是農作物的田，也就是陸地。「滄海桑田」用來比喻環境變化很大，也可以用來感嘆世事無常。

滄海遺珠

狄仁傑是唐朝宰相，祖父跟父親都是朝廷官員，從小受到嚴格的教育。他小時候，家裡發生命案，官吏到狄家來盤問案情，每個人都爭著說自己是清白的，只有狄仁傑繼續專心讀書，不受影響。後來狄仁傑當上了官，被其他人誣陷。被審訊的時候，毫不畏縮，據理直言。這讓審他的人很驚訝，就稱讚他：「孔子曾經說過，觀察一個人的過錯，就可以知道他的人格品行。國家雖然不重用你，可是今天我看了你的表現，覺得你就像遺漏在滄海裡的一顆明珠啊！」於是就為他舉薦。

這段對話就是成語「滄海遺珠」的典故，比喻被埋沒的人才或珍貴的事物。

精衛填海

炎帝的小女兒名叫女娃，獨自在海邊玩，溺死了。死之後，東海就出現了一種小鳥，「精衛、精衛」地叫著，不斷從山裡面銜來小樹枝、小石頭，投入東海要報仇。「精衛填海」，就比喻心懷憤恨，立志報仇。精衛填海很艱難，也比喻意志堅定，不怕艱苦。

海，跟洋，經常連用。我們常說海洋、海洋，洋這個字，是指地球表面上比海還要更廣大的水域，像是「飄洋過海」、「太平洋」。可以泛指外國，比方說「洋人」、「留洋」。

也有廣大、很多的意思，例如「汪洋」、「洋溢」。

望洋興嘆

《莊子》裡的一個故事。秋天的時候，洪水暴漲，黃河的河道也變得很寬，隔著水相望，甚至連兩岸的牛馬都看不清楚。黃河的河伯，忍不住就沾沾自喜，以為天底下最壯觀、最美的，全都在這兒了。他興奮地順著水流向東，一直到了北海。河伯只看到白浪濤天，茫茫一片，看不到水的盡頭。這時候才發現自己多麼渺小，心裡十分慚愧。他仰頭嘆息說：「我本來以為自己很了不起，現在看到大海這麼樣的寬廣無盡，才知道自己眼光實在是太狹小了！」

「望洋興嘆」，用來比喻因為大開眼界而發出的讚嘆，或者因為力量不夠，所以感到無可奈何。

草

《漢字源流彙編》

甲骨文

金文

戰國文字

睡．法 210

篆文

說文

隸書

桐柏廟碑

楷書

教育部標準楷書

草

此字始見於《睡虎地秦簡》。字從艸、早聲，在六書中屬於形聲。《說文》：「草，草斗，櫟實也。一曰，象斗。」徐鉉注：「今俗以此為艸木之艸，別作皁字，為黑色之皁。按，櫟實可以染帛為黑色，故曰草，通用為草棧字，今俗書皁或从白从十，或从白从七。」段注：「按草斗之字，俗作皁、作皂，於六書不可通。象斗字當從木部作樣，俗作橡。」字作為草木之草的泛稱，則為艸、屮字的分化；如作為「草斗」之專名，則自有獨立的本音本義。隸、楷字形可上溯戰國文字。

草，可作為具莖稈植物的統稱，如「野草」、「青草」、「稻草」、「草木」、「草原」。字有泛指山野、民間，如「草野」、「落草為寇」、「草賊」。字有由小草引申為不認真、不細緻的意思，如「草率」、「潦草」、「草草了事」。字復由初生小草引申為初步的、不正式的，如「草稿」、「草案」、「草擬」、「草創」。字又用為文字書體的專稱，如「草書」、「行草」、「狂草」。字有作為西方拼音字母的手寫體，如「大草」、「小草」。字另有用為植物的專名，如「草莓」；魚的專名，如「草魚」。假借為姓。

草，是有莖稈植物的統稱，像是「野草」、「青草」、「稻草」。

引申成山野、民間的意思，如「落草為寇」、「草野」、「草賊」。

不認真的態度，我們說是「草率」、「潦草」、「草草了事」。

初步、不正式的意見，像是「草稿」、「草案」、「草擬」、「草創」。

書法藝術，有「草書」、「行草」、「狂草」。

草木皆兵

東晉時期，野心勃勃的前秦苻堅想要征服中原，他率領八十萬大軍，逼臨肥水，準備攻打東晉，東晉大將謝玄、謝石只有八萬精兵抗敵。晉軍雖然兵少，卻靠著奇襲，讓苻堅喪失很多大將和士兵。在肥水之戰前夕，苻堅登上壽陽城，觀察晉軍的動靜，發現晉軍部隊整齊，訓練有素，將士精神旺盛，鬥志高昂。而且看到山上長了很多類似人形的草木，竟然以為是東晉的士兵，苻堅說：「看那山上，有那麼多的軍馬，是誰說晉兵很少呢？」之後肥水之戰，苻堅被謝玄打敗了。「草木皆兵」，就形容疑神疑鬼、驚恐不安。

結草銜環

「結草銜環」的「結草」跟「銜環」分別來自不同典故。「結草」是從春秋時候的故事來的。當時秦國攻打晉國，晉國大夫魏顆率軍迎戰，不但打敗了秦國的軍隊，還捉到秦國大力士杜回。相傳魏顆之所以打了勝仗，是因為兩軍對戰時，戰場上出現了一個老人，他在秦軍必經之路，把地上的草打結，絆倒杜回，杜回才被俘虜的。晚上魏顆夢見老人，原來他是魏武子寵妾的父親，魏顆在魏武子死後將這名寵妾改嫁，所以老人為了感謝魏顆，就打結絆倒杜回來報答他。

「銜環」則來自南朝梁的志怪小說《續齊諧記》。裡面寫了東漢有個人叫做楊寶，他在山上發現有貓頭鷹在攻擊一隻黃雀，黃雀受傷掉到樹下，楊寶把它帶回家照顧，一百多天後，黃雀傷好了，就飛走了。到了晚上，楊寶夢到一個黃衣童子，說他是西王母的使者，為了感謝楊寶救命之恩，銜來四只白玉環送給他，希望他的後世子孫品德清白，位及三公，黃衣童子的祝福後來果然成真。

這兩個典故被合用，「結草銜環」，比喻受過別人的恩情，至死不忘，感恩圖報。

風吹草動

春秋時代，伍子胥的父親跟哥哥，因為得罪了楚平王而被殺，只有他一人逃到吳國。在《伍子胥變文》裡，就描述到他逃亡的時候，只要有一點點「風吹草動」，就馬上躲起來。「風吹草動」就用在驚恐害怕的狀況中，輕微的變化，就令人緊張。

書法藝術有楷書、草書、隸書等等，草書類型，又細分成「章草」、「今草」、「行草」跟「狂草」。章草從隸書演變而來，到後來有了楷書，又變成了今草，王羲之、王獻之寫的，就是今草。行草介於行書跟草書之間，有草書的隨性，又不會太難辨認。狂草，顧名思義，筆勢狂放，很難辨認，唐代張旭喜歡在喝醉之後寫字，他寫的狂草就特別好，有「草聖」的稱號。

葉

《漢字源流彙編》

甲骨文

金文

拍敦蓋

戰國文字

睡·日乙158

篆文

說文

隸書

繁陽令楊君碑、劉寬碑

楷書

教育部標準楷書

葉

金文有枼字，一般指用為世字的繁體，如「萬枼亡疆」、「永枼毋忘」、「萬枼鼓之」、「枼萬孫子」等文例是。嚴格而言，應與葉字無涉。明確見葉字字形，始於戰國文字。字從艸、枼聲，在六書中屬於形聲。《說文》：「葉，艸木之葉也。」段注：「凡物之薄者，皆得以葉名。」隸書字形有分別因承戰國文字和篆文。大陸規範字形則改從口、從十聲。

音讀ㄧㄝˋ（yè），指植物進行光合作用的器官，通常由葉片、葉柄組成，通稱「葉子」，如「葉落歸根」。字有引申為形狀像葉子的東西，如「肺葉」、「百葉窗」。字有指書冊中單張的紙，通「頁」字。字又用為計算書籍文件面數的量詞，同「頁」，如「三葉書」。字也用為計算或形容小船的數量，如「一葉扁舟」。字另有作為世代、時期意，如「明代中葉」、「十八世紀末葉」。假借為姓。另音ㄕㄜˋ（shè），用為地名。葉縣，位於河南。

葉，是植物用來進行光合作用的器官，由葉片和葉柄組成，通稱「葉子」。引申形容一片一片像是葉子形狀的東西，例如「百葉窗」。

也可以區劃世代或者時期，像是「明代中葉」、「十九世紀末葉」。

還可以當作小船的量詞，像是「一葉扁舟」。

葉也是姓氏，百家姓說「葉幸司韶」。

另外，葉還有一個讀音，讀作ㄕㄜˋ，用在地名上頭，像是河南有個葉縣。成語「葉公好龍」，就要讀作ㄕㄜˋ。

葉公好龍

子張是孔子的弟子，他資質聰穎，勤奮好學，也善於待人接物，交友很廣闊。子張想在仕途上有所發展，又正好聽說魯哀公喜歡結交士人，所以他來到魯國，希望可以受到魯哀公的賞識。可是，他卻遲遲無法受到魯哀公的敬重跟禮遇。子張失望之餘，就說了一個故事，請人轉告哀公，自己就離去了。故事是這樣說的：「從前有個人，葉公，他非常喜歡龍，住的地方都雕著龍的圖案。天上的龍知道葉公愛龍成痴，就親自下凡，來到葉公家裡，想讓葉公看看真正的龍長什麼樣子。本來以為葉公看到會高興，沒想到他居然嚇得魂飛魄散，臉色蒼白。這時大家才知道，其實葉公喜歡的不是真正的龍，是那些長得像龍可是又不是龍的假龍。」子張說這個故事的用意，就是要諷刺魯哀公並不是真正想要結交士人，不過是徒慕虛名而已。「葉公好龍」這個故事，用來比喻人所喜歡的似是而非，以致於表裡不一，有名無實。

一葉知秋

漢代，流行一套「天人感應」的理論學說。當時的人把客觀的「天」給人格化，認為人的行為跟天道會同類相通，上天可以干預人做的事情，人也可以感應到上天，而天子就是上天的意志所在，如果天子違背天意，天就會降下災禍；相反的，如果天子把國家治理得很好，就會出現祥瑞之兆。董仲舒進一步提出了陰陽五行的宇宙觀，他認為宇宙是由金、木、水、火、土組成的，這五行相生相剋，有他們運行的道理，而人的生活也必須依循這樣的道理，一旦有什麼事情擾亂了五行的運行，就會發生災禍。

《淮南子》是漢朝淮南王劉安集合門下食客所編寫的一本書，內容是以道家思想為主，同時也有先秦各家的學說，是雜家的代表作品。裡面有一段敘述，在說明事物可由近觀遠、以小看大的道理。只要嚐一口鍋裡的肉，就可以知道這整鍋的味道如何；把羽毛和木炭懸掛起來，就可以從上面的表象看出空氣裡濕度高低的變化；看到一片葉子落下來，可以推知秋天已經要來了，一年就快到了盡頭；看到瓶子裡的水結冰，就知道天氣有多冷。「見一葉落，而知歲之將暮；睹瓶中之冰，而知天下之寒。」說的就是這個意思。比喻從細微的徵兆，就可以推知事情的演變跟趨勢，就是「一葉知秋」。

樹

《漢字源流彙編》

甲骨文

合集 18159、前 2.7.6（合集 36838）、續 3.30.2（合集 37487）

金文

集成 4124（封仲段蓋）、集成 10056（封仲盤）

戰國文字

睡・日甲 105、郭・語 3・46

篆文

說文、說文籀文

隸書

衡方碑

樹

楷書

教育部標準楷書

樹

甲骨文字形或作「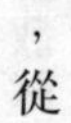」，從又（手）持木，像用手植木的樣子。甲骨文又作「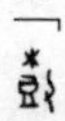」、「」，從力、壴聲。壴又從木、豆聲。力從手出，故與手義類可通；豆本為盛食的器皿，於此比擬樹木挺立的樣子。植樹挺立必用力，所以從力與從又同意。金文則作「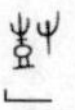」、「」，皆從又（手）、壴聲，將「木」改作「㞢」。㞢為艸木初生的樣子，與木同類義通。戰國秦系文字則作從寸、壴聲的「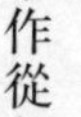」，楚系文字作從攵、壴聲的「」。寸、攵與手義近可通。《說文》篆文則增一「木」形，而為從木、尌聲，而收錄的古文字形，與戰國秦系文字相近，只是左上部件「㞢」和「木」的差別而已。隸書、楷書皆據篆文字形而定。在六書中，除甲骨文「」屬於異文會意外，其餘諸字皆屬於形聲兼會意。大陸規範字作「树」。

本義為栽種樹木，引申為種植、栽培，如「百年樹人」。也引申為建立，如「樹敵」、「獨樹一格」。由樹木引申為木本植物的總稱，如「植樹」、「拔樹尋根」。又假借為姓。

樹，是木本植物的統稱，像是「樹枝」、「松樹」、「行道樹」。

也是種植，栽培的意思，如「十年樹木，百年樹人」。

引申為建立，如「樹立」、「建樹」、「獨樹一幟」。

樹倒猢猻散

南宋的時候，有很多人依附著當時權勢最大的秦檜，因此飛黃騰達，其中有個叫做曹詠的人，就是這樣當上大官，榮華富貴享用不盡。家鄉很多人看曹詠得勢了，都來巴結，只有他的大舅子厲德新不願意奉承他，讓他心生怨恨。後來秦檜死了，依附他的人也就跟著失勢。厲德新寫了一篇〈樹倒猢猻散賦〉，派人送給曹詠。把秦檜比喻成大樹，像曹詠這樣依附他的人就像樹上的猴子，大樹一倒，猴子也就跟著四散了。後來「樹倒猢猻散」就被用來比喻有權勢的人一旦失勢，他的依附者也就跟者散去。

火樹銀花

「火樹銀花」的「火樹」跟「銀花」分別來自不同地方。「火樹」是晉朝的時候，有個詩人寫了一首詩，形容庭院裡面燈火通明，枝頭上掛滿了燈籠，像是火一樣燦爛，在庭園裡燃燒到天亮，「枝燈若火樹，庭燎繼天光」。

「銀花」則是從南朝梁．簡文帝的一篇文章裡來的。這篇文章裡面描述阿彌陀佛降臨到人間，拯救世人的時候，水裡開滿蓮花，樹上也落下了銀花：「玉蓮水開，銀花樹落」。「銀花」也用來代表燈，像是唐朝的一首詩：「火樹銀花合，星橋鐵鎖開。」就是在形容元宵節，到處掛著燈籠，燈火通明，像火一樣的樹，開滿銀色的花。這兩個典故就被合用成「火樹銀花」，用來形容燈火通明燦爛的景象。

蚍蜉撼樹

唐代的韓愈，精通六經百家之學，一生都推崇儒家，排斥佛老，也是古文大家，後來很多的文人都從他寫的古文裡學習。在中唐時期，其實李白和杜甫的詩當時並不被重視，還有人詆毀他們的作品，韓愈不苟同，所以寫了一首詩給他的好友張籍，在詩裡面他充分表現了對李白、杜甫兩個人作品的欣賞。他說「李杜文章在，光燄萬丈長。不知群兒愚，那用故謗傷。蚍蜉撼大樹，可笑不自量。」在詩裡他直接給了李白、杜甫最高的評價。還說那些企圖詆毀李杜的人，就像是螞蟻妄想用一己之力搖動大樹一樣，既可笑又不自量力。「蚍蜉撼大樹」演變成「蚍蜉撼樹」這句成語，比喻人不自量力。

唐朝中期，以韓愈為首發起了古文運動，讓文壇風氣逐漸從偏好駢文變為古文，後來的蘇軾就稱讚他「文起八代之衰，道濟天下之溺」。韓愈為人廉潔、耿直又敢說真話，有一次，唐憲宗把釋迦牟尼佛的佛骨迎入宮中供養，韓愈就直言寫了〈諫迎佛骨表〉，認為迎佛骨耗費銀錢，還說「佛不足信」。皇帝一怒之下差點要把他處死，是在其他人的求情之下，才改成貶官到潮州。他的文章裡有很多名句，到了後來演變成成語，除了「蚍蜉撼樹」之外，「出類拔萃」、「虛張聲勢」、「業精於勤荒於嬉」，都出自韓愈的筆下。

花

《漢字源流彙編》

甲骨文

金文

集成 4112（命毀）、集成 4412（華季益盨）

戰國文字

睡·編 34

篆文

說文、說文或體、說文

隸書

魯峻碑、張平子碑、白石神君碑

楷書

教育部標準楷書

花

字始見金文，隸作華，像花形。戰國文字增從艸。篆文有雩、華二字形。《說文》：「雩，艸木華也。从𠂹、亏聲。」段注：「此與下文華音義皆同。今字花行而雩廢矣。」或體字從艸、從夸。《說文》：「華，榮也。从艸雩。」段注：「按〈釋艸〉曰：『木謂之華，艸謂之榮。榮而實者謂之秀，榮而不實者謂之英。』析言之也。引伸為光華、華夏字。」字至隸書仍見此二字形。至楷書改作從艸、化聲的花字。

花，植物的有性繁殖器官，由花冠、花萼、花托、花蕊等組成，有多種形狀和顏色，大多有香味，如「桃花」、「花粉」、「花絮」、「開花結果」、「花圃」、「花市」。字亦指像花朵的東西，如「浪花」、「雪花」、「蔥花」。有針對色彩或種類多變的意思，如「花俏」、「花樣」、「衣裳太花」、「花花世界」。有由樣色多變駁雜擴大為模糊意，如「老眼昏花」、「老花眼鏡」。有由多種形狀推而指好看、好聽但不實在的，或指迷惑人的，如「花言巧語」、「花招」、「花邊新聞」。有指妓女或與妓女有關的，如「花魁」、「尋花問柳」、「花街柳巷」。有比喻美女，如「校花」、「交際花」、「姐妹花」。有比喻男子心性不定，用情不專的，如「花心男」、「花和尚」。有指耗費意，如「花費」、「花錢」、「花力氣」、「花功夫」。假借為姓。

花，是植物用來繁殖的器官，大部分都有香味，像是「桃花」、「花粉」，「開花結果」。

也可以用來指像是花朵的東西，例如「浪花」、「雪花」、「灑滿蔥花」。

也引申成色彩或者種類多變，像是「花俏」、「花樣」、「花花世界」。

或是模糊的意思，像是「老眼昏花」、「老花眼鏡」。

也有好看、好聽但不實在，用來迷惑人的意思，像「花架子」、「花言巧語」。

心性不定，用情不專，就叫做「花心」。

另外還有耗費的意思。像「花費」、「花錢」、「花力氣」。

借花獻佛

釋迦佛尼佛曾經是婆羅門弟子，名叫善慧，有一次在蓮花城，聽說燃燈佛就要到蓮花城了，他想用鮮花供養燃燈佛，可是蓮花城的國王早就把城裡全部的鮮花都收來供養燃燈佛。善慧找遍全城，正在懊惱的時候，有個年輕的婢女走了過來。她懷裡藏著一個瓶子，裡頭插著七枝青蓮花，善慧看到，就懇求那個婢女把花賣給他，婢女被善慧的誠心打動，答應給他五朵青蓮花，另外兩朵則託善慧幫她拿去獻給燃燈佛，為自己積功德。這個故事就是「借花獻佛」，借用別人的東西來作人情。

曇花一現

釋迦牟尼的弟子舍利弗，曾經請師父講解佛法給他聽，釋迦牟尼答應了，要他仔細聽講，這時候會場裡另外還有五千個修道人。可是當釋迦牟尼要開始講道的時候，這五千個人卻起身離開了，釋迦牟尼看了，只跟舍利弗說：「我現在要說的佛法，是世間少有的，就像三千年才開一次的曇花一樣珍貴。」「曇花一現」，用來比喻人或事物才一出現就又消失了。

移花接木

「移花接木」本來是一種栽種的方法，把花木的枝條接到別的品種上，讓它生長在不同品種的樹木上。常常用來比喻暗中使用手段，欺騙別人。在小說裡可以看到很多這樣的用法。《初刻拍案驚奇》裡，就有故事寫到了，有個賈員外，本來是窮困的泥水工，因為幫周秀才家打牆，意外獲得了周家原本藏在牆下的財產。賈員外雖然娶了妻，卻沒有小孩，後來巧遇落難的周秀才，因緣際會之下，領養了周家的孩子。在命運的安排下，最後家產還是回到了周家的後代手裡。所以小說就用了「移花接木」來形容這個故事。周家的孩子變成了賈家的孩子，周家的家產落入賈家，卻還是回到周家人手裡，真假混亂的情形就像「移花接木」一樣。

落花流水

「落花流水」指的是暮春的時候，凋零的花落到水裡，被水流帶走的景象。常在詩詞裡看到。像是晚唐詩人李群玉的詩裡，就寫他在暮春的時候，送朋友離開的場景，「蘭浦蒼蒼春欲暮，落花流水怨離琴」。落下的花瓣隨著水流走，更讓人多了哀愁。「落花流水」本來是客觀的自然景色，可是在詩人的眼裡就變成了離愁的象徵。南唐李後主的名句，「流水落花春去也，天上人間。」也用了「流水落花」來描述亡國前的種種已經不可能再擁有了。因為這些詩詞的關係，「落花流水」也用來形容殘敗的景象。

華

《漢字源流彙編》

甲骨文	金文	戰國文字	篆文	隸書	楷書
	集成4112（命毀）、集成4412（華季益盨）	睡·編34	說文、說文或體、說文	魯峻碑、張平子碑、白石神君碑	教育部標準楷書

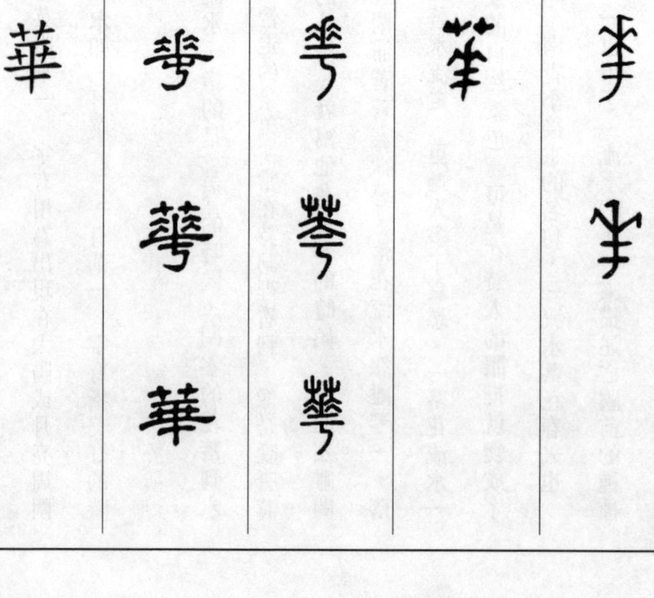

始見金文。字本像花朵盛開形，戰國文字增從艸。篆文兼有雩、華二字。《說文》：「雩艸木華也。从𠂹、亏聲。」段注：「此與下文華音義皆同。華，榮也。〈釋艸〉曰：『華，荂也。華，荂，榮也。』今字花行而雩廢矣。」字或體從艸、從夸。《說文》：「華，榮也。从艸雩。」段注：「按，〈釋艸〉曰：『蘥、荂、葟、華，榮。』渾言之也。又曰：『木謂之華，艸謂之榮。榮而實者謂之秀，榮而不實者謂之英。』析言之也。」隸書承篆文，兼有雩、華二形。楷書字形則承隸書而來。大陸規範字作「华」。

音讀ㄏㄨㄚ（huā）、陸音ㄏㄨㄚˊ（huá）時，本義為花盛開形。

另音ㄏㄨㄚˊ（huá），用為中華的華。由花盛開引申有繁榮意，如「繁華」、「榮華富貴」。字復引申有光彩、光輝、美麗的外表意，如「華麗」、「華燈」、「華而不實」。字有指事物最美好的部分，如「精華」、「英華」、「含英咀華」。字有用為出現在太陽或月亮周圍的彩色光環，如「月華」、「日華」。字有指美好的時光，如「韶華」、「年華」。字有作為敬辭，用於稱跟對方有關的事物，如「華誕」、「華章」。有指黑白混雜的頭髮，如「早生華髮」。字又指化妝用的粉，如「洗盡鉛華」。字又作為中國、中華民族的簡稱，如「華夏」、「中華」、「華東」、「華人」、「華語」、「華文」、「華僑」、「華裔」。

另音ㄏㄨㄚˋ（huà），用作地名，如「華山」、「華佗」。假借為姓。

華，是繁榮的意思，像是「繁華」、「榮華富貴」。引申成有光彩美麗的外表，比方說「華麗」、「華而不實」。也可以指事物最美好的部分，像是「精華」、「含英咀華」。美好的時光也可以用華來表示，如「韶華」、「年華」。也是中華民族的美稱，例如「華夏」、「中華」、「華人」、「華語」、「華僑」。

另外，華還有其他兩種讀音，一個讀音讀作ㄏㄨㄚ，就是花朵的意思，好比說「春華秋實」。還有一個，讀做四聲ㄏㄨㄚˋ，用在地名跟姓氏，像是陝西的「華山」，名醫「華佗」。

華而不實

春秋時代，有個叫做甯嬴的大夫，他遇到了另一位大夫陽處父，甯嬴覺得他真是個仁義君子，就告別了妻子追隨他去。可是，沒過幾天，甯嬴就回來了，妻子問他為什麼這麼快回來，他回答說：「陽處父的個性太剛硬，又很偏執。就算是那麼無情的上天，也不能干涉四時運行，更何況是人呢？而且一路上跟他交談下來，覺得他說話華而不實，不切實際，容易觸犯別人，招來不滿。我怕跟著他，還沒得到回報就先有災難發生，所以離開了。」「華而不實」就被用來比喻虛浮、不切實際。

此外，在《國語》也記載了春秋的時候，秦穆公設宴款待晉公子重耳，在宴會結束之後，秦穆公對臣子們說：「華而不實，恥也。」他覺得一個人如果只有華麗的外表，卻沒有實際內容，是可恥的。

春華秋實

崔駰，是東漢時候的人，年少時與班固、傅毅齊名，他的學識淵博，對文章很擅長，但因為一直專心在做學問上，不追求仕宦，當時就有人譏諷他不跟人互動，日後恐怕會才能跟名聲不相符。也有一些人勸他當官，說要先立下壯大的功業，才能受到人的景仰，最後才會名實相符。天地萬物遵行自然的規律，陰陽也要有既定的準則。就像「春發其華，秋收其實」，春天開花，秋天才能收成果實，要有始有終，才能夠有實質的收穫。「春華秋實」這句成語就是從這兒來的。

在《顏氏家訓》裡也說：「夫學者猶種樹也，春玩其華，秋登其實；講論文章，春華也，脩身利行，秋實也。」求學就像種樹一樣，談論文章，加深涵養是春天賞花；修身養性，則是秋天採收果實。開花是為了結果，欣賞文章也是為了要修身養性，兩者有著因果關係。春華秋實就用來比喻努力跟成果之間的因果關係。

東嶽泰山，西嶽華山，南嶽衡山，北嶽恆山，中嶽嵩山。西嶽華山，在武俠小說裡面有「華山派」。而東邪、西毒、南帝、北丐、中神通這些名號呢，就來自於第一次華山論劍。後來，物換星移，東邪，西狂，南僧，北俠，中頑童，這些名號呢，就來自於第三次華山論劍。我把這些事情記得那麼清楚要幹什麼呢？

實

《漢字源流彙編》

字體	出處	字形
甲骨文		
金文	集成10176（散氏盤）、集成4317（㝬殷）	 
戰國文字	信2·09、睡·日乙26	 
篆文	說文	
隸書	孔龢碑	
楷書	教育部標準楷書	

金文二例，第二例作，由「宀」、「貫」二字構成。從宀，示屋舍府庫之義。從貫，毌之後起字，示財物。所從貫，其繩兩端下垂。會二字得充實之義。第一例所從貫，上體中著兩小點，冗文。戰國文字二例，首例從宀、從貫，上體「毌」形變異為「貝」；二例承自金文第二例。篆文承自戰國文字第二例。隸書承自篆文，楷書沿之而定體。在六書中屬於異文會意。大陸規範字作「实」。

本義為充足、充滿，如「充實」。引申為使充實，如「荷槍實彈」。引申為富裕，如「國實民富」。引申為真相、事實，如「傳聞失實」。引申為真正的，如「真實」、「真材實料」。引申為果實，如「結實纍纍」。引申為事蹟，如「史實」、「故實」。假借為姓。

實，是果實，像是「結實纍纍」、「秀而不實」。也是充足、充滿或富裕的意思，如「充實」、「家道殷實」。引申為填滿，比如「荷槍實彈」。有事實、真相的意思，如「傳聞失實」。也可以指真正的、誠實的，像是「實話」、「真材實料」、「忠實」。

名不副實

有「名副其實」，當然也就有「名不副實」。孔子說過：「名不正，則言不順；言不順，則事不成。」王莽為了篡漢，千方百計地為自己鋪路。所以有一次他上書太后，說：「宰衡官以正百僚、平海內為職，而無印信，名實不副。」意思是，身為宰相，統領朝廷百官，卻沒有象徵身分的印信，顯得名實不副，所以請太后授他宰相印章。「名不副實」就用來形容空有虛名，不合實際。

有名無實

和「名不副實」同樣意思的，還有「有名無實」。春秋的時候，晉國大夫叔向去拜訪六卿之一的韓宣子，韓宣子雖然地位非常顯赫，但是因為貧困而感到很憂慮，聽了韓宣子的話之後，叔向竟然向他道賀。韓宣子覺得訝異，就問：「吾有卿之名，而無其實」，意思是說：「我有公卿之名，卻沒有實際跟這個名銜相符的錢，連要送其他人禮物都沒有辦法呀！」叔向就舉了樂武子的例子，說他雖然貧困，卻不多費功夫在物質上，反而努力宣揚德行，成就一番事業。這就是「有名無實」的典故。

實事求是

劉德是漢景帝的第三個兒子，後人稱他為河間獻王。在秦始皇焚書以後，古代的書籍幾乎都被燒毀了，所以劉德常常派人向民間訪求，蒐集到不少先秦時代的珍貴古書，甚至跟朝廷的藏書量不相上下。他尊崇儒術，治學嚴謹，所以班固在《漢書》裡面稱讚他說：「修古好學，實事求是。」後來「實事求是」變成成語，用來指做事確實，而且求真確。

河間獻王四處訪求書籍的時候，還找到了《周官》，後來改名叫《周禮》，內容記載了古代的官制。

竹

《漢字源流彙編》

字體	出處	字形
甲骨文	合集108	
金文	集成9878（竹室父戊方彝）	
戰國文字	包2·150	
篆文	說文	
隸書	劉熊碑、校官碑	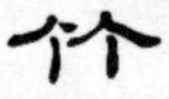 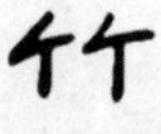
楷書	教育部標準楷書	竹

甲骨文、金文都像竹葉紛披的樣子。戰國文字之，少了上端連接之枝，而多了下端的葉。篆文承自戰國文字，為使其整齊化，用垂直的線條表現，仍像竹葉之形。字經隸書，形變作，稍失其形；作則遠離原形，而楷書即沿之而定體。以上諸形，都據具體的實象造字。在六書中屬於象形。

本義是竹子。引申為竹簡，如「磬竹難書」。引申為古時八種樂器之一，如「匏、革、土、木、石、金、絲、竹等樂器」。引申為竹製的，如「竹蜻蜓」、「竹籃子」。假借為姓。

竹子種類很多，有毛竹、淡竹、紫竹等等。莖可以用來當作房屋的建材，也能製造器具或者造紙。竹子的嫩芽，就是竹筍。

引申為竹簡，例如「罄竹難書」。

竹也可以指簫或者笛子等竹製的樂器。像是「品竹調弦」、「絲竹」。

也可以指竹製的物品，例如「竹蜻蜓」、「竹籃」。

勢如破竹

杜預是西晉時候的名將，蜀漢滅亡之後，孫吳偏安江東，晉武帝就派杜預去攻打東吳，封他為「鎮南大將軍」。戰事進展得很順利，杜預短短幾天就攻佔了很多城池，連吳國的都督孫歆都被俘虜了。杜預看這樣的情況，想要趁勝追擊，可是有官員就反對了。他覺得吳國立國很久了，一下子很難攻下；而且南方正是雨季，容易河水氾濫，不好行軍；天氣又熱，容易傳染疾病，不如現在見好就收，等到冬天再說。可是杜預卻不這麼認為。他說「今兵威已振，譬如破竹，數節之後，皆迎刃而解，無復著手處也。」意思是，現在軍隊士氣旺盛，趁機伐吳，就像用刀劈開竹子一樣，只要劈開前面幾節，下面順著刀勢就輕鬆了。後來晉軍繼續進攻，果然節節順利。「勢如破竹」，比喻作戰或者事情進展順利。

青梅竹馬

李白的詩〈長干行〉，寫的是一個年輕的婦人和丈夫離別的愁緒。詩裡頭用女子自述的方式，寫出了從童年、成婚到分開之後相思的過程，還有對夫婿的深情。「妾髮初覆額，折花門前劇。郎騎竹馬來，遶床弄青梅。同居長干里，兩小無嫌猜。」這是詩的開頭，說的就是兩個人從小就認識，天真無邪的童年生活。情竇未開、純真爛漫的小兒女，一起「折花」、「騎竹馬」、「遶床」、「弄青梅」，為日後的生活留下美好又無憂無慮的回憶。「青梅竹馬」，比喻從小就認識的同伴。

罄竹難書

《呂氏春秋》裡有一段描述了亂世的各種異象，譬如天上的雲變成怪異的形狀、日蝕、同時有兩個或四個月亮一起出現、馬的頭上長出角來、有人養出五隻腳的雞，母豬生下小狗等等，書裡說這些「皆亂國之所生也，不能勝數，盡荊、越之竹，猶不能書」，意思是這些都是亂世會產生的異象，而且多到就算用光了荊、越兩地的竹子，都寫不完。「罄竹難書」的「罄」，是「用完」的意思，「竹」則是以前用來刻寫文字的「竹簡」。所以「罄竹難書」就是把所有竹簡拿來書寫，都寫不完。本來是用來形容亂象很多，後來變成形容罪狀多。像是漢朝的大臣朱世安被誣諂下獄的時候，上書揭發丞相公孫賀父子作惡多端，就寫道「南山之竹不足受我辭」；隋朝的李密要討伐隋煬帝，檄文裡形容隋煬帝罪大惡極，就寫了「罄南山之竹，書罪未窮」。

例如黑心廠商製造出來的黑心產品，殘害民生，真是「罄竹難書」。你看，古代典故，現在都還能活用。

魚

《漢字源流彙編》

甲骨文

合集 223

金文

集成 4916（魚父乙卣）、集成 2534（犀伯魚父鼎）、集成 9599（伯魚父壺）

戰國文字

曾 16、包 2・259

篆文

說文

隸書

孔宙碑陰

楷書

教育部標準楷書

魚

甲骨文之，以直式呈現，上像魚頭，中像身、鱗，下像尾，兩側像鰭，屬象形。金文三例，第一例純屬圖像，第二例與甲文互有繁簡，第三例尾部線條不相連，不影響其音、義。戰國文字二例，省了魚鰭，其餘和金文第三例相似。篆文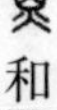和戰國文字最相近，上像魚頭，中像身、鱗，下像尾。字經隸書，形變作，以四點代表魚尾，頗失其形，而楷書沿之而定體。以上諸形，都據具體的實象造字。在六書中屬於象形。

本義是水中的脊椎動物，一般身體側扁，呈紡錘形，多半有鱗，用鰭游泳，用鰓呼吸，體溫隨外界溫度的變化而改變。種類很多，大多可供食用。比擬像魚類的水棲動物，如「鱷魚」、「鯨魚」。比擬像游魚一樣首尾相接，如「魚貫而行」。比擬像魚游在水中的東西，如「魚雷」。也假借為姓。

魚，是象形文字，甲骨字的魚畫的就是水裡的魚的樣子。上面是魚頭，中間是身體跟魚鱗片，下面是尾巴。「魚」，泛稱生活在水裡的脊椎動物。另外也可以用來比擬像是魚類的水棲動物，比如說「鱷魚」、「鯨魚」。或是比喻像魚一樣首尾相接，例如「魚貫而行」。

如魚得水

魚沒辦法離開水生活，只有在水裡，才是真正的自由自在，所以「如魚得水」就常常被用來作各種比喻。像是秦代李斯用「如游魚得水」來比喻寫字用筆靈活。也可以用魚跟水的契合，比喻得到跟自己志同道合的人，或適合自己發展的環境。比如三國時代有名的例子：劉備得到孔明幫助的時候，就說自己「猶魚之有水」。另外，短篇小說集《喻世明言》裡，用「如魚得水，似漆投膠」來形容兩位主角，比喻他們的關係很親密，這種用法通常指的是男女愛情。

殃及池魚

春秋時代，宋國的司馬桓魋曾經權傾一時，家財萬貫，還有一顆珍貴的寶珠。後來他獲罪逃亡到國外，宋景公想要那顆寶珠，就派人去問他寶珠的下落，桓魋隨口說：「我丟到池裡了。」結果眾人把池水都排掉，要找那個珠子，不但一無所獲，還讓池裡的魚都死了。宋景公為了找珠子，害池裡的魚受到無辜牽連。

另外還有一個故事，說的是城門失火了，大家就舀池子裡的水去救火，池水因為這樣，就乾掉了，裡面的魚也都死了。

「殃及池魚」這個成語，比喻無故受到牽連。

得魚忘筌

筌，是竹編的魚籠。要抓到魚，就要用筌，可是他們只是達成目的的手段跟過程而已，一旦抓到了魚，筌也就沒用了。莊子說：「筌者所以在魚，得魚而忘筌」，就是這個道理。所以同樣的，言論著作也只是用來說明道理的工具，人不能拘泥在語言跟文字裡，一旦明白道理，就應該捨棄這些外在的形式，也就是「得意而忘言」。「得魚忘筌」來比喻悟道的人忘記外在的實體，後來大多都用來說人忘恩負義，過河拆橋。

漏網之魚

在《史記》裡，司馬遷很贊同孔子和老子的想法，他認為法令只是工具，不是澄清吏治的根本方法。漢朝初年，過去的嚴刑峻法轉為寬鬆，法網疏漏，「網漏於吞舟之魚」甚至連吞得下船的那種大魚都能逃脫，可是政治卻很清明，沒有什麼作姦犯科的事情，人民生活安定。在這以前，法律非常嚴格，各種罪行卻層出不窮。由此可知，治民之道還是在於教化，不在法令。後來成語就有了「漏網之魚」，比喻僥倖逃脫法網的人。

孔子說，如果用政令跟刑罰來治理人民，人民只是苟且遵行而已，可是如果用道德禮教來教導，他們不但自己有了羞恥心，也因此可以自發向善。老子也說，最好的治理方法，是不去彰顯那些德政，讓人民自然而然地成為有德行的人。

鳥

《漢字源流彙編》

甲骨文

合集 11497 正

金文

集成 5761（子之弄鳥尊）、集成 2176（鳥壬侜鼎）、集成 2460（梠伯鼎）

戰國文字

睡·日甲 31背

篆文

說文

隸書

孔耽神祠碑

鳥

楷書

教育部標準楷書

鳥

甲骨文之，純以圖畫示意，屬象形。金文三例，全像鳥形，僅繁簡不同而已。戰國文字作，像其首、眼、身、羽和腳。篆文以線條表現鳥形，酷似其側視的樣子。字經隸書，變體作，頗失其形，楷書則沿之以定體，也就不易瞭解其原形了。以上諸形，都據具體的實象造字。在六書中屬於象形。

本義是禽類的通稱。鳥和隹無別，《說文》將「鳥」解為長尾鳥的總稱，「隹」解為短尾鳥的總稱，是不正確的。因隹、鳥用作字的偏旁，通常互作，如雞之或作鷄，雛之或作鶵，雕之或作鵰。又鳥羽最長的，莫過於雉，而雉卻從隹構形；反之，鳥羽最短的，莫過於鶴，而鶴卻從鳥構形。由此可見，隹、鳥和尾之長、短是沒關連的。引申為狹小的、險峻的，如「鳥道」、「鳥徑」。引申為居高臨下，如「鳥瞰」。比擬像鳥形的兵器，如「鳥銃」。假借為星名，如《書經．堯典》「日中星鳥（當日、夜長度相等，黃昏時見到鳥星）」。也假借為姓。

鳥，是象形文字，畫的是鳥的側面，本義是禽類的通稱。像是「飛鳥」、「鳥窩」。可以引申成狹小、險峻的，例如「鳥道」、「鳥徑」。或者是居高臨下，如「鳥瞰」。

鳥盡弓藏

劉安是漢高祖劉邦的孫子，世襲被封為淮南王。他擅長文章辭藻，很受漢武帝的寵愛。漢武帝曾經命他寫一篇離騷賦，他只花一個早上的時間，就寫完了，他的文思敏捷可見一斑。但是後來淮南王劉安，卻因為謀反的計畫洩露，上吊自殺了。他曾經跟門下的食客、方士一起合寫了《淮南子》這本書，內容大部分是道家思想，而且融匯了先秦各家的學說，現在留下來的只剩下內篇，其他的都已經散佚了。這裡頭有一段提到：「狡兔得而獵犬烹，高鳥盡而強弩藏。」一旦抓到了兔子，就把抓兔子的那個獵犬煮來吃；飛在天上的鳥被射下來了，就把弓箭給收起來。事情成功以後，有功勞的人就沒了利用價值，不但沒有得到應有的獎賞、回報，還因為才能出眾，受到猜忌，反而被殺害或者疏遠，沒什麼好下場。「鳥盡弓藏」這句成語，就比喻天下平定以後，就遺棄那些功臣。

驚弓之鳥

戰國七雄之中，以秦國實力最強，野心勃勃，對其他的國家造成了威脅，所以楚、齊、燕、韓、趙、魏六國，就決定聯合起來，採用「合縱」策略，也就是南北縱向的各個國家聯合起來，一起對抗西邊的秦國，不讓他的勢力繼續擴張。為了商討結盟的事情，趙國派使者魏加到楚國去，魏加聽了楚國要派出的主將人選，覺得不適合，又因為自己年輕的時候喜歡射箭，就舉了一個射箭的例子來勸楚國的人。他說：「以前魏國有個射箭好手更羸，他跟魏王來到一座高臺的下面，抬頭看到在天上飛的鳥，他就跟魏王說他可以只用弓不用箭，就能把天上的鳥射下來。魏王不相信。過了一會兒，東方飛來一群雁，更羸把弓拉滿，放！果真有一隻雁就掉下來了。魏王吃驚地問：『為什麼這樣可以把雁射下來？』更羸解釋說：『因為這是一隻負傷的雁。』魏王又問：『你怎麼知道呢？』更羸回答說：『這隻雁飛得很慢，是因為身上的舊傷在痛；他的叫聲悲傷，是因為長久跟不上雁群。舊傷沒好，心裡受到的驚嚇也沒有平復，所以一聽到拉弓的聲音，就驚惶失措地往更高的地方飛，結果舊傷裂開，就掉了下來。』

你們要派的主將以前被秦國打敗過，心中的陰影難以抹除，就跟這隻雁一樣，不適合讓他擔任對抗秦國的主將啊！」這個故事就是「驚弓之鳥」，比喻曾經受到驚嚇，心有餘悸，只要有一點點動靜就害怕的人。

古代西域，有一種占卜方法，叫做「鳥卜」。在《隋書》裡記載，西域的人在祭祀完畢以後，會剖開鳥的肚子，如果裡面有小米、稻穀，那一年就會是個豐年，如果有沙，就會有災禍。臺灣的原住民也有一種叫做「鳥占」的風俗，則是根據鳥發出的聲音，來判斷周遭環境的凶吉。

羊

《漢字源流彙編》

甲骨文

合集1072

金文

集成3750（𤼷見駒𣪘）、集成2410（甚諆臧鼎）、集成3942（叔德𣪘）

戰國文字

包2·181、帛乙9·8

篆文

說文

隸書

無極山碑、孔龢碑

楷書

教育部標準楷書

甲骨文之，上像其角，下像其頭，正像羊頭的樣子，據具體的實象造字。在六書中屬於象形。金文三例，繁簡不同，唯都像羊頭之形，當屬象形。戰國文字、篆文之羊，顯由金文第三例而來。隸書第一例無疑承自篆文之形；第二例羊角連成橫畫，遂失其形，楷書即沿此形而定體。

音讀一ㄤˊ（yáng），本義是哺乳動物。食草、反芻類。頭上有角，分山羊、綿羊、羚羊等多種。假借為姓。

臺灣特有音讀ㄒㄧㄤˊ（xiáng），假借為祥字，如「大吉羊」、「吉羊如意」。

羊，是象形文字，羊這種動物呢，有很多種，像是山羊、綿羊、羚羊等等。

羊質虎皮

「羊質虎皮」，意思是外表披了老虎皮，可是本身其實還是羊，比喻虛有其表。漢代揚雄的著作《法言》，模仿《論語》的語錄體寫成，裡面就記載，有一個人問揚雄說：「如果有個自稱姓孔，字仲尼的人，他到孔子家裡去，趴在孔子的桌上休息，穿著孔子的衣服，那這個人就可以算是孔子了嗎？」揚雄回答說：「他雖然外表模仿孔子，但本質絕對不是。」他又問揚雄說：「什麼叫作本質？」揚雄回答：「就像一隻羊披上老虎皮，雖然假裝自己是老虎，可是本質還是羊，改不了本性，一看到草就高興，想要去吃，看到狼還是會怕，就算披上虎皮，那還是一隻假老虎。」這就是「羊質虎皮」成語的由來，說一個人徒有外表，沒有相應的內在。

亡羊補牢

戰國時代，楚襄王曾經有一段時間沉迷在享樂當中，大臣莊辛為此很擔心，就勸楚襄王說：「大王經常和州侯、夏侯、鄢陵君、壽陵君他們在一起，他們都貪圖享樂，如果大王再不好好處理國政，恐怕就要亡國了。」可是楚襄王聽了，不但沒有接納他的諫言，反而說：「我看你是老糊塗了，現在天下太平，怎麼可能會亡國呢？」莊辛又說：「如果大王繼續與他們為伍，楚國一定會滅亡。如果您不相信，就請讓我到趙國避一避，看看事情會怎麼發展。」莊辛於是就去了趙國。五個月之後，果然，秦國發兵打來，連國都都被占領了。楚襄王逃到城陽以後，想起莊辛說過的話，很後悔，趕快派人把莊辛找回來。楚襄王一見到莊辛，就說：「我當初沒有聽先生的勸告，才會落得如此下場，現在該如何是好呢？」莊辛回答：「看到兔子才去找獵犬來追，還不算太晚；羊跑了才去修補羊圈，也不算太遲。『亡羊而補牢，未為遲也。』像商湯、周武王這樣的賢王，雖然只有百里之地，卻能興盛起來；現在楚國的領土有幾千里，比他們要大得多了，只要大王有心，並非不可能喔！」這次楚襄王完全接納了莊辛的建議，而且在他的輔佐下，重振國力，收復失土，度過了這次的危機。「亡羊補牢」，意思是說犯錯後如果及時更正，還能補救。

順手牽羊

《禮記》是儒學經典，記載了先秦的規章制度。裡面提到，「效馬、效羊者，右牽之；效犬者，左牽之。」意思是，進獻馬跟羊的時候，因為它們性情溫馴，可以用右手牽着。但如果是狗，就要改用左手牽著了，因為狗的性情比較不溫和，用左手牽著，這樣一來如果有什麼突發狀況，右手才能隨時應變。「順手牽羊」這個成語，意思變了，指的是趁機拿走別人的東西。

羊左之誼

春秋時代，管仲和鮑叔牙的「管鮑之交」人人皆知，戰國時代，也有「羊左之誼」。當時羊角哀和左伯桃因為聽說楚王是個好君主，就一起前去楚國要見他，可是在途中遇上風雪，飢寒交迫，左伯桃就把自己的衣服跟食物全都給了羊角哀，自己死在了洞中，成就了這段「羊左之誼」。

雞

《漢字源流彙編》

字體	出處	字形
甲骨文	摋 2.59（合集 18341）、佚 740、合集 29032	
金文	集成 5802（及父辛尊）、集成 4658（串雞父丁豆）	
戰國文字	睡·秦 63	
篆文	說文、說文籀文	
隸書	孔龢碑	
楷書	教育部標準楷書	

字始見殷甲骨文。字從鳥具冠，本屬象形，由卜辭文例「夕有雞鳴」句，見已用本義。晚期卜辭字增奚聲，改作為形聲字，用為王田狩地名。殷金文字用作族徽名，象形。戰國秦簡文字則改從隹、奚聲，由《睡虎地秦簡》的「畜雞」、「豬雞」、「雞鳴」用法，仍用作本義。篆文字形承襲秦簡。《說文》：「雞，知時畜也。」籀文從鳥。隸楷以後字形均因承篆文結構而來。在六書中屬於形聲。大陸規範字作「鸡」。

本義為鳥名，屬家禽，嘴短，上喙彎曲，頭有肉冠，翅膀短，其肉和蛋可食用。假借為姓。

雞，是一種非常常見的家禽。

呆若木雞

鬥雞，是一種讓雞相鬥來決勝負的遊戲。《莊子》裡，就有一則寓言故事說，以前有個叫紀渻子的人，幫齊王訓練這種決鬥用的雞，才訓練了十天，齊王就問：「可以了嗎？」他回答：「還不行！牠看起來還是很驕傲，很容易衝動。」又過了十天，齊王再問他，他還是說：「不行！別的雞叫，牠就跟著叫，不夠沉著。」再過十天，齊王再問，他又說：「還是不行！牠的氣勢還太旺盛。」終於在又一個十天後，齊王再問時，他說：「可以了！牠現在對其他同伴的叫聲毫無反應，沉穩的態度讓牠看來就像是一隻木頭做的雞一樣，已經有了完善的戰鬥力。別的雞只要看到牠的樣子，一定不敢應戰，轉身就跑。」後來，這隻雞果然百戰百勝。莊子的這個故事，其實是用那隻「木雞」來比喻人如果學養高深，態度就越穩重，「望之似木雞矣，其德全矣」，後來變成成語「呆若木雞」，但是變成字面上的意思，形容人愚笨，或者因為被嚇到，發愣的樣子。

雞鳴狗盜

孟嘗君是戰國時代齊國的貴族，被齊王任命為相國，很有聲望，又因為他禮賢下士，所以天下的術士、文人紛紛都來投靠，門下的食客達三千人之多。有一次孟嘗君出使秦國，秦昭王久聞他的名聲，想要拜他為秦國的宰相，可是大臣們都反對，覺得孟嘗君，那是齊國的貴族，如果做了秦國的宰相，一定會為了齊國的利益犧牲秦國，到時候秦國就岌岌可危了。秦昭王聽了，就打消這個念頭，但又害怕他回齊國之後會報復秦國，所以把孟嘗君給囚禁起來，準備殺掉他。孟嘗君眼看性命危在旦夕，非常著急，連忙派人去見秦昭王的寵妃，希望她能代為求情。妃子答應了，但要孟嘗君送她一件狐白裘，就是用狐狸腋下的白毛做成的大衣。孟嘗君心裡想，唯一的一件狐白裘已經送給了昭王，哪裡還找來第二件呢？正不知如何是好時，有一位同行的食客，「能為狗盜者」，自告奮勇，說他能拿到狐白裘。於是，他就趁著黑夜潛入宮中寶庫，順利偷出了狐白裘，送給了妃子。妃子也實現承諾，在秦昭王面前為孟嘗君說了很多好話，讓秦昭王答應放人。

孟嘗君怕秦昭王後悔，跟食客們連夜趕回國，可是到了函谷關，卻發現關口要等到清晨雞啼的時候，才會打開。而且秦昭王果然後悔了，派人沿路追趕，如果天亮之前，孟嘗君一行人還沒出關，就再也出不去了。孟嘗君焦急得不得了，這時候，他的門客裡，有個「能為雞鳴」的人，開始學雞叫，叫了幾聲，引得附近的雞就跟著叫起來。守關的士兵聽到雞叫，以為天亮了，終於把關門打開，讓孟嘗君一行人出關。等秦國的追兵到達，孟嘗君早就離開秦國，再也追不上了。這個故事裡面的「狗盜」和「雞鳴」，就合併成了成語「雞鳴狗盜」，來比喻有某種比較卑下技能的人，或者低劣的人或事。

狼

《漢字源流彙編》

字體	出處	字形
甲骨文	合集11228	
金文		
戰國文字	睡·日甲33背	
篆文	說文	
隸書	魏受禪表	狼
楷書	教育部標準楷書	狼

自甲骨文至楷書，字形結構皆為從犬、良聲。「犬」為狗，作為形符，表示義與犬有關；「良」為善，於此僅作不示義的聲符，表示音讀。在六書中屬於形聲。

本義為動物名，哺乳綱食肉目犬科。形狀似犬，毛為青灰色，頭銳喙尖，後腳稍短。嗅覺靈敏，聽覺佳。性凶狠狡猾，晝伏夜出，往往結群傷害禽畜，如「引狼入室」、「豺狼成性」。也假借為姓。

狼，是一種外型像犬的動物，嗅覺靈敏、聽覺也很好，晝伏夜出。被人類馴養的狗，最初的血緣就是從狼分支出來的。

引狼入室

「引狼入室」這個成語，在元代就已經可以在戲曲裡看到了，到了清朝，蒲松齡寫了《聊齋志異》，裡面有個故事，寫到有個名叫謝中條的人，妻子過世了，留下了兩個兒子、一個女兒。後來他貪圖美色，看到了一個美麗的女子，雖然不了解對方，還是娶了她續絃。沒想到，有一天他因為公事外出，回家的時候，看到一頭大狼衝出門來，把他嚇得要死，進屋一看，子女都已經被吃掉了，他才醒悟過來，那個美女原來是狼變的妖精。作者就評論這件事，說：「士則無行，報亦慘矣。再娶者，皆引狼入室耳。」意思是說，如果不查考品行，任意續絃，都是引狼入室、自招禍患的行為。

豺狼當道

漢成帝在位的時候，有個名叫侯文的人，他性情剛正，不想跟其他的人同流合汙，以身體不適為由，不願意出來當官。當時京城首長孫寶很欣賞他，和他結交以後，任命他為東部督郵，負責檢舉糾察轄區內不法之事。有一天，孫寶問他：「現在要開始剷除惡人了，轄區裡頭有這樣的人嗎？」侯文回答：「有，霸陵的杜穉季就是。」可是孫寶因為和杜穉季有點淵源，不想辦他，就問：「還有誰嗎？」侯文回答說：「豺狼橫道，不宜復問狐狸。」意思是豺狼橫行，要抓就要先抓危害最大的，其他小狐狸不必費心。杜穉季就是這個豺狼，除害要先從大害著手。後來「豺狼當道」就比喻壞人橫行作惡，或者奸人掌握大權。

狼狽為奸

「狽」是一種傳說中的動物，據說「狼」跟「狽」長得很像，只是狽的前腳很短，所以一定要把兩隻前腿跨騎在狼的背上才能行走，沒有了狼，根本就不能行動，所以人們就常常把事情不能順利進展、處境困頓的情況稱為「狼狽」。

狼和狽會聯手做壞事。曾經有個人獨自經過一個偏僻的地方，遇見了幾十隻狼，情急之下爬到草堆上。其中有兩隻狼，就鑽進一個洞穴，背出一隻狽，這隻狽來到草堆之下，用嘴拔掉草堆上的草，其他狼看了，也學他。眼看著草堆就要垮下來了，正巧遇到一群獵人，把這個人救了出來。後來「狼狽為奸」就用來比喻互相勾結做壞事。

關於「狽」，還有一種說法，說「狽」其實是被捕獸夾夾斷了前腳的狼，因為狼是群居動物，不會遺棄同伴，所以就把狽背在背上，一起行動。

狼群的社會組織，非常的嚴密，他們的階級非常的明確，他們也共同地捕獵，共同地撫養小孩，可是說是一種比人類還要更社會化，還要更講究服從的生物群體。

國家地理雜誌曾經刊載過一篇研究，比對了北美洲大灰狼和可愛的馬爾濟斯，發現呀，他們的 DNA 幾乎完全一樣。家裡面的毛小孩，在遺傳上面和狼可以說是同一種生物。想不到吧？

鹿

《漢字源流彙編》

字體	出處	字形
甲骨文	合集10281、合集10307	
金文	集成4112（命毁）、集成5409（貉子卣）	
戰國文字	包2·179、睡·日甲75背	
篆文	說文	
隸書	鼂池五瑞碑、韓勑碑	
楷書	教育部標準楷書	鹿

甲骨文之，純以圖像呈現。其形上像二角、中以眼像頭，下像身、尾、兩腳。另一形較為簡單，以一角顯示，全以側立之形呈現。金文第一例承自甲文第一例，顯而易見；第二例省略身、尾，不影響其音、義。戰國文字二例，都上像角，中像頭，下像兩腳。篆文上像角，中像頭，下像身、兩腳，而頭的右筆向下拖長，使形體為之訛變，然不失為象形。字經隸書，體變作鹿、鹿，益失其形，楷書則據隸書第二例以定體。以上諸形，都據具體的實象造字。在六書中屬於象形。

本義是一種哺乳動物，大如小馬，四肢細長，尾短，全身褐色白斑，性溫馴，雄有觭角，像樹枝，可以製藥。假借為爭奪的對象，或比喻為政權，如「逐鹿中原」、「鹿死誰手」。也假借為姓。

鹿，是象形字，後來寫成隸書，形狀就變了，看不太出來原來的樣子。

鹿是哺乳動物，性格很溫馴，也常常被拿來比喻成政權，像是「逐鹿中原」、「鹿死誰手」。

指鹿為馬

秦朝的趙高生性奸詐、又充滿野心，想要篡奪朝中大權。秦始皇病逝的時候，他假傳聖旨，賜死了秦始皇的長子扶蘇，接著立次子為帝，也就是秦二世，自己則當了丞相。有一天，趙高駕著鹿跟秦二世外出，秦王看見了就問說：「你為什麼騎著鹿呢？」趙高回答：「這是一匹馬。」秦王說：「你錯把鹿當馬了。」趙高說：「皇上如果不相信我說的話，可以問問其他人呀。」群臣中，有人說是鹿，有人沉默，有人迎合趙高，說是馬。後來趙高暗中把那些說是鹿的大臣殺了，讓大家從此對趙高更是畏懼。「指鹿為馬」，就是有人刻意顛倒是非。

鹿死誰手

東晉時候，北方的少數民族紛紛獨立、建國，前後總共建立了十六個國家，史稱「五胡十六國」。後趙的開國君主石勒，是個有野心，也有才幹的人，建立了豐功偉業，把國家治理得很好。有一次，他在邀請了外國使節的宴會上，得意地問大臣徐光說：「我的功績可以和歷史上哪位開國君主相比呢？」徐光說：「陛下您比漢朝的劉邦、曹魏的曹操還要能幹，自夏商周以來，無人能比，只在黃帝之下而已！」石勒聽了笑著說：「你把我說得太好了吧！我如果遇到劉邦，一定會忠心侍奉他，跟韓信、彭越這些人一起替他打天下。要是遇到光武帝劉秀，『當並驅于中原，未知鹿死誰手』我一定和他爭一爭天下，那時誰輸誰贏還不知道呢！」「鹿」，常常是古代人們狩獵的主要目標，所以呢，也被用來比喻成人人覬覦的政權。石勒就用「未知鹿死誰手」來表示他有跟劉秀競爭的自信。

逐鹿中原

韓信的謀士蒯通，看到韓信的力量已經慢慢培養了起來，就勸他背叛劉邦，自己去爭天下，但是韓信不聽。後來劉邦打敗了項羽，反過來殺害功臣，韓信後悔，說：「當初不聽蒯通之言才會有今天！」劉邦知道以後，就把蒯通給抓來，也想殺了他。

蒯通就說：「『秦失其鹿，天下共逐之』，有才能的人當然捷足先登。我追隨韓信，也只是盡忠而已。況天底下想要成就陛下的事業的人何其之多，難道要一一殺死嗎？」劉邦覺得蒯通還真有膽識，也就放過了他。「逐鹿中原」的典故就在這兒，用來比喻爭奪天下。

鹿茸，是一種還沒發育成硬骨的雄鹿角，有茸毛、血液，顏色像是瑪瑙、紅玉。是一種非常珍貴的中藥材，有很好的滋補效果。東北、新疆、內蒙、紐西蘭都產鹿茸，臺灣的鹿茸，品質也很好。鹿耳朵裡面長的毛……跟實際鹿茸長的位置……距離也不算太遠啦。

烏

《漢字源流彙編》

甲骨文

金文

集成 6014（[illegible]尊）、集成 2824（[illegible]方鼎）

戰國文字

篆文

說文

隸書

鄭固碑

烏

楷書

教育部標準楷書

烏

此字金文像烏抬起頭叫的樣子，表示烏鴉喜歡啼叫的特徵；另有一個形體沒有畫出眼睛。篆文像沒有畫出眼睛的烏鴉，因為烏鴉全身黑色的羽毛，所以看不出眼睛的位置。隸書、楷書都從篆文來，將烏鴉的足及尾變成四點。在六書中屬於象形。

音讀ㄨ（wū），本義就是烏鴉。由於烏鴉的羽毛全黑，引申作黑色的意思，如「烏黑」、「烏雲」、「烏煙瘴氣」、「烏溜溜的眼睛」。假借為無、沒有，如「烏有」。文言假借作為疑問副詞，相當於「何」、「怎麼」，如「烏可與言」。假借為嘆詞，如「烏呼」。假借為姓。另音ㄨ（wù），陸音ㄨˋ（wù），用於植物名「烏拉草」一詞。

「烏」的古文字，長得像是一隻鳥抬起頭來的樣子，表現烏鴉喜歡啼叫的特徵。「烏」，是烏鴉。像是「月落烏啼」、「慈烏反哺」。

也引申成黑色的意思，例如「烏黑」、「烏雲」。

烏合之眾

管仲，是春秋時代的齊國人。他一開始在公子糾底下做事，後來在鮑叔牙的推薦之下，做了齊國的相國，很受齊桓公的重用。他提供的建議都是富國強兵的良策，在外交方面，他尊王攘夷，輔佐齊桓公成為了春秋一代霸主。管仲奠定齊國的法治思想，著重經濟管理，他曾經說：「烏合之眾，初雖有權，後必相吐，雖善不親也。」意思就是：像烏鴉一樣暫時湊合在一起的人，因為沒有組織、沒有紀律，剛開始什麼都好商量，但久了之後就什麼都看不對眼，互相唾棄。表面上雖然還維持良好的關係，可是彼此不交心。「烏合之眾」就被用來比喻暫時湊合，卻沒有組織紀律的一群人。

烏煙瘴氣

清代的小說《兒女英雄傳》。女主角何玉鳳在靈堂上，碰見前來祭奠的海馬、周三等人，由於他們是強盜出身，所以故事就用「烏煙瘴氣」來形容他們，指為人渾濁不正。後來又有一次，有賊人趁著黑夜要來偷東西，沒想到被何玉鳳發現，這個小偷為了脫身，丟了一地瓦片，結果還是被捉，書裡就用「烏煙瘴氣」形容家裡的氣氛和環境被鬧得一團亂。「烏煙瘴氣」，被用來形容人事、氣氛混亂。也可以形容髒亂的環境。

子虛烏有

司馬相如是西漢的辭賦家，年輕的時候，曾經有是梁孝王的門客。那段時間裡，他跟眾多文士來往，為自己的創作生涯立下了很好的基礎。梁孝王死後，司馬相如回到家鄉，過著貧困的生活，直到愛好辭賦的漢武帝即位，生活才有所好轉。根據《史記》裡面的記載，漢武帝初次讀到司馬相如寫的〈子虛賦〉的時候，非常讚賞，馬上召見他。司馬相如見了武帝，說：「子虛賦的內容只是敘述諸侯的遊獵而已，沒有什麼可觀之處，讓我再寫一篇描述天子遊獵的賦。」武帝聽了很高興，就請他立即創作，司馬相如就再寫了著名的〈上林賦〉。

〈子虛賦〉裡，虛構了「子虛」、「烏有」，還有「無是公」三個人。楚人子虛出使齊國，齊王派了人陪他遊獵，後來子虛故意在烏有的面前說起這件事情，然後又借著吹噓楚王遊獵的盛況，來貶低齊王。烏有為維護齊王，反問子虛很多問題，還評論楚王「奢言淫樂而顯侈靡」。無是公聽了這兩個人的爭辯，又以周天子遊獵時盛大的情景，來壓倒楚、齊兩國。其實這篇文章裡面所說的事情，完全是假想出來的，連「子虛」、「烏有」、「無是公」這些人物，也都是虛構的，所以後來就用「子虛烏有」來指一些虛構、假設、不存在的東西。

雀

《漢字源流彙編》

甲骨文	金文	戰國文字	篆文	隸書	楷書
合集 6460 反	亞雀魚父己卣	包 2．204	說文		教育部標準楷書
					雀

甲骨文作，由「小」、「隹」二字構成。從隹，示其為鳥類之義。從小，示其體型之義。會二字得麻雀，依人小鳥之義。金文承自甲骨文。戰國文字承自金文，「小」形變作「少」。小篆承自金文。楷書承自篆文而定體。在六書中屬於異文會意。

音讀ㄑㄩㄝˋ（què），本義為麻雀，依人小鳥，如「門可羅雀」、「歡呼雀躍」。引申為微小，如「雀麥」、「雀魚」。假借為姓（大陸特有）。

大陸特有音讀ㄑㄧㄠ（qiāo），用於「雀子」一詞，指皮膚出現的淡褐色小斑點。

大陸特有音讀ㄑㄧㄠˇ（qiǎo），用於口語詞「家雀兒」、「雀盲眼」，義同「雀ㄑㄩㄝˋ（què）」。

雀，是由「小」跟「隹」兩個字構成的，「隹」代表鳥類，「小」則代表外觀體型，所以合在一起，「雀」，指的就是小鳥、麻雀。例如「門可羅雀」。

雀是雀科鳥類的統稱，體型一般都比較小。像是「燕雀」、「朱雀」、「金絲雀」。

引申為微小的意思，像是「雀鷹」、「雀麥」、「雀魚」。

門可羅雀

《史記．汲鄭列傳》，記載的是漢朝初年汲黯、鄭莊二人的事跡。汲黯在漢景帝在位的時候，輔佐當時還是太子的漢武帝，漢武帝繼任後，汲黯出任東海太守，後來又被召為主爵都尉；鄭莊，則是先在太子宮中做事，之後又做了大農令，管理國家財政。這兩個人，都曾經位居高官，受到眾人的尊敬，每天上門要來巴結逢迎的人不計其數。可是因為他們的個性太剛正不阿，不適合官場這樣的環境，後來都丟了官，失勢了，連生活都陷入困境。沒了官位，以前那些川流不息的賓客，也都跟著消失無蹤。

歷史上還有其他的例子，司馬遷還寫到漢文帝時候的大臣，翟公。他曾經是九卿之一的廷尉，位高權重，在他任官期間，每天家裡的客人也是絡繹不絕，把大門擠得水洩不通。可是當他失去官職以後，就不再有人造訪了，「門外可設雀羅」，冷清到可以在門前裝機關，捕麻雀。直到他又復職，回到原來的官位，從前的賓客才又再度登門。這樣一失一得、一貧一富的交替，形成的不同處境，讓翟公也看透了人情冷暖、世態炎涼。

司馬遷就用翟公的這段史事，來表達對官場世情的感慨。他也說，就像是汲、鄭兩位出色的人，都會遇到這種待遇，更何況是一般人呢？「門可羅雀」，形容做官的人失勢之後，賓客稀少的情況。也可以泛指一般客人稀少，很冷清的樣子。

燕雀處堂

戰國時代，秦國出兵攻打趙國，鄰近的魏國大夫們，一致認為不論趙國是輸是贏，對魏國來說都是有利的，可是當時的相國卻持相反意見，他說：「秦國是個貪婪的國家，打敗了趙國以後，一定還會再攻打其他國家，那個時候魏國不就危險了嗎？這就像是在住家簷下築巢的燕雀，平常都相安無事、和樂融洽，『燕雀處屋，子母相哺，呴呴然其相樂也』，自以為很安全。

結果有一天火從灶上的煙囪竄了出來，眼看就要燒到屋梁，可是這些鳥兒，一點都沒有警覺災難就要降臨在自己的身上了。現在你們完全沒想到趙國被攻破以後，禍患就會轉而來到自己身上，這不就跟燕雀一樣無知嗎？」「燕雀處堂」這句成語，就比喻身處在危險的環境，卻不自知，毫無警覺心。

說起「麻雀牌」，可能有的人不知道是什麼，可是我說「麻將」就無人不知了。「麻雀牌」是「麻將」一開始的名字。麻將是晚清時候才出現的遊戲，在清末小說《官場現形記》、《孽海花》、《二十年目睹之怪現狀》裡，都有寫到「麻雀牌」這個遊戲。到今天，香港人說要打麻將，也會說「打麻雀」。

鳳

《漢字源流彙編》

字體	出處	字形
甲骨文	合集 3372、合集 30258、合集 13381	
金文	集成 3712（鳳作且癸毀）	
戰國文字		
篆文	說文、說文古文、說文古文	
隸書	脩華嶽碑	鳳
楷書	教育部標準楷書	鳳

甲骨文、金文字形都具體鉤畫出鳳鳥高冠、長羽與羽尾、鳳眼的形象，與今日所見孔雀形似。甲骨文也有另加「凡聲」與「兄聲」的後起字形，為鳳字形聲化的現象。篆文字形除保留獨體象形的字外，另有添加鳥旁以強化表義的字，以及經由類化過程，以鳥形取代鳳形，形成「從鳥、凡聲」的鳳字。在六書中屬於形聲字。

本義為神鳥名，指古代傳說中象徵祥瑞的百鳥之王，雄的稱為「鳳」，雌的稱為「凰」，通稱為鳳。古人以鳳凰、麒麟、龜、龍為四種祥瑞的神獸，合稱為四靈，引申為祥瑞的徵兆，如「龍鳳呈祥」、「祥麟瑞鳳」、「鳳凰來儀」。鳳為罕見的神獸，又用以比喻珍貴而稀有的事物或人才，如「鳳毛麟角」、「鳳髓龍肝」、「龍鳳之姿」、「望女成鳳」。又比喻為婚姻關係中的男子，如「鳳凰于飛」、「鳳求凰」。古人又以鳳為火神，所以又稱為「丹鳥」、「火鳥」、「鶤雞」。假借為姓。

鳳，是一種傳說中的神鳥，象徵祥瑞的百鳥之王，雄的稱「鳳」，雌的稱「凰」。

古人把鳳凰、麒麟、烏龜跟龍這四種神獸稱為「四靈」，代表祥瑞的徵兆，像是「龍鳳呈祥」、「祥麟瑞鳳」。

鳳很罕見，所以又引申為稀有或珍貴的意思，像是「鳳毛麟角」。

相對於龍代表皇帝，鳳也是古時候對后妃的尊稱，例如「鳳體」、「鳳袍」。

鳳毛麟角

「鳳毛麟角」的「鳳毛」跟「麟角」分別出於不同的地方。《世說新語》裡，王導是東晉時候的權臣，王劭是王導的第五個兒子，風度姿態都很像他的父親。他擔任侍中的時候，有一次奉旨，要授予桓溫升職用的官服。王劭剛從大門進來，桓溫遠遠望見他，就覺得他有他父親的風範。六朝時候，南方人稱讚子弟有才幹，可以跟父兄一輩的相比，就會說「有鳳毛」，意思是稱讚王劭的能力不輸給父親王導。

魏文帝曹丕喜歡文學，即位以後進行了一連串的改革，包括選拔人才，提倡文學，一時之間，文風大盛。可是學的人雖然多，有成就的卻少，所以當時的官員蔣濟就評論說：「學文學的人雖然多得像牛毛一樣，可是真正學有所成的人，卻跟麒麟的角一樣罕見。」後來跟前面的典故合用成「鳳毛麟角」，比喻稀罕珍貴的人或物。

龍飛鳳舞

草書，是書法書寫字體之一，起源於漢代，為的是書寫可以更方便、快速。草書一開始被創造的時候，被稱作「章草」，把隸書的筆畫給簡省了，草率寫成，但是字跟字之間相互分離，不會連在一起。到了漢朝末年，張芝除去了「章草」裡頭保留的隸書筆畫痕跡，再把筆勢連綴，上下兩個字相連，形成了「今草」，也就是後世通行的草書。南朝的梁武帝蕭衍，不但學識淵博，也能寫文章，又擅長書法，他曾經寫了〈草書狀〉這篇文章，裡頭就表現了他對草書變化多端的體態很是讚嘆。他形容草書的筆勢「婆娑而飛舞鳳，宛轉而起蟠龍」，有的時候像是飛舞的鳳，有時候又像是盤曲的龍。「龍飛鳳舞」就從這裡來，形容書法筆勢飄逸，但有的時候過度飄逸，就變成形容字跡潦草的意思了。

浙江省天目山，「天目山垂兩乳長，龍騫鳳舞到錢塘。」這兩句話表達了天目山奔放的氣勢，峰巒起伏，蜿蜒到錢塘江。所以「龍飛鳳舞」，也可以形容山勢蜿蜒起伏，氣勢磅礴。

攀龍附鳳

漢代的揚雄，在他的著作《法言》裡，寫了對顏淵、閔子騫的評論。他說，孔子的再傳弟子，現在大部分都已經不為人知，那為什麼顏淵、閔子騫卻不然呢？那是因為他們依附著孔子，就有如「攀龍鱗，附鳳翼」，乘風而上，讓其他的人都跟不上了。因為有孔子的盛名這樣的幫助，所以世人才能夠認識他們，不至於沒沒無聞。「攀龍附鳳」本來說的是依附有聲望的人，並沒有不好的意思，可是後來大多用作貶義，比喻為了求地位的晉升，去巴結權貴。

鶴

《漢字源流彙編》

甲骨文	金文	戰國文字	篆文 說文	隸書 劉熊碑	楷書 教育部標準楷書

此字始見於篆文。形構從鳥，表示與鳥類相關；隺聲，表示音讀。隸變省作隺，楷書作鶴。在六書中屬於形聲。大陸規範字作「鹤」。

本義為鳥名。頭小，頸、嘴和腿都很長，翼大善飛，羽毛白色或灰色。生活在水邊。種類很多，有丹頂鶴、白鶴、灰鶴等，屬保育類動物，如「鶴立雞群」、「風聲鶴唳」。因其羽毛白色，也用來形容白色的事物，如「鶴髮童顏」。也假借為姓。

鶴，是一種鳥，頭偏小，頸部、嘴還有腳都很長，羽毛通常是白色或灰色，生活在水邊。鶴的種類有很多，有丹頂鶴、白鶴、灰鶴等。

也因為鶴的羽毛是白色的，所以有的時候也用來形容白色的東西，像是「鶴髮童顏」。

杳如黃鶴

任昉是南朝時候的人，他曾經寫了一本《述異傳》，裡面的內容主要是神仙志怪這一類的事情。書裡有一個故事，有個叫做荀瓌的人，有一天他在黃鶴樓休息，看到西南邊的天空中，有個什麼東西慢慢地飛了過來，等到靠近一看，原來是一個駕著鶴的仙人。仙人就這樣飛到了樓中，荀瓌立刻上去招待這名仙人，兩個人一起把酒言歡。後來仙人要離去了，他就再次跨上鶴，騰空起來，飛走了，消失在遠方。唐代詩人崔顥就做了一首〈黃鶴樓〉：「昔人已乘黃鶴去，此地空餘黃鶴樓。黃鶴一去不復返，白雲千載空悠悠。」寫的就是當年乘著黃鶴而去的仙人，再也沒有回來，只留下這座黃鶴樓，和悠悠白雲。這個故事變成成語「杳如黃鶴」，比喻一去不返，無影無蹤。

風聲鶴唳

前秦苻堅野心勃勃，一直想要征服中原，東晉孝武帝太元八年，他率領了八十萬大軍，逼臨肥水，準備要攻打東晉。東晉也派出大將謝玄、謝石來應戰，可是他們只帶了八萬的精兵，兩方兵力極其懸殊。謝玄也知道苻堅實力雄厚，如果正面迎敵的話，一定會吃虧，不如採取奇襲戰術，以彌補兵力的不足。由於當時秦軍的士兵緊逼著淝水的西岸，晉兵過不了河，只能在河岸對峙，謝玄就要求苻堅的軍隊往後移，好讓晉兵登上岸，兩軍一決勝負。苻堅自恃自己的兵多，不疑有他，就答應軍隊後退。沒想到這一退，就失去控制，秦兵士氣低落，陣勢大亂。晉軍就趁機渡過淝水，向秦軍發起猛烈的攻勢，又派人在秦軍陣後大叫：「秦兵敗了！」擾亂軍心，士兵信以為真，丟了武器連夜逃跑。在一片混亂當中，苻堅中箭受傷，苻堅的弟弟苻融戰死。那些逃跑的士兵們，沿路上只要聽到風聲、鶴的鳴叫聲，都以為是晉軍來了。秦軍徹底潰敗。這是歷史上著名的「肥水之戰」。戰況中的情境「風聲鶴唳」，就形容人們驚慌害怕。

鶴立雞群

嵇紹，是「竹林七賢」之一嵇康的兒子。晉惠帝即位，有一次都城動亂，嵇紹跟著惠帝去平亂，隨行的官員死傷慘重，只有嵇紹不顧個人生死，保護惠帝，最後中箭身亡，鮮血濺到了惠帝的龍袍上。亂事平定以後，有隨從想要清洗龍袍上的血跡，但是惠帝為了感念嵇紹，堅持留下血跡，紀念。

根據記載，在嵇紹才剛到洛陽的時候，就有人說過：「在人群中看到嵇 雞群」就從這裡演變而來，比喻人的儀表才能卓越非凡。

成語索引

漢字相聲——馮翊綱咬文嚼字 上冊

出版 中華文化總會
地址 100 臺北市中正區重慶南路二段十五號三樓
電話 02-23964256
傳真 02-23927221
網址 http://fountain.org.tw/

發行人 劉兆玄
總策畫 楊渡
執行統籌 鮑愛梅
資料來源 中華語文知識庫

說書人 馮翊綱
主編 蕭仁豪
編輯 巫怡錚 饒珮雯
校訂 王琬貞 葉美芳
裝幀設計 Timonium Lake
設計協力 胡一之
印製 Print form／中原造像．中康印刷
Printed in Taiwan
初版◎ 2016年12月
定價◎ 600元

國家圖書館出版品預行編目（CIP）資料

漢字相聲：馮翊綱咬文嚼字／蕭仁豪主編．-- 初版．--
臺北市：中華文化總會，2016.12
冊；公分
ISBN 978-986-6573-63-7（上冊：平裝）.--
ISBN 978-986-6573-65-1（全套：平裝附光碟片）

1. 漢字 2. 歷史 3. 相聲

802.2　　105023638